Zeit für die Schicht

Über das Buch

»Science-Fiction? Was ist das?«

»Na ja, Geschichten, die in der Zukunft spielen oder auf fernen Planeten. Oder in Parallelwelten.«

Norbert Fiks

Zeit für die Schicht

und andere SF-Kurzgeschichten

Bibliografische Information der Deutschen Nationalbibliothek: Die Deutsche Nationalbibliothek verzeichnet diese Publikation in der Deutschen Nationalbibliografie; detaillierte bibliografische Daten sind im Internet über www.dnb.de abrufbar.

Ein MaYa-Buch

Herstellung und Verlag
BoD – Books on Demand, Norderstedt
Umschlaggestaltung und -foto: Norbert Fiks
ISBN: 9783739218700

Inhalt

Eingabeaufforderung

```
10 REM Eingabeaufforderung
20 REM
30 OPEN "zeitfuerdieschicht.txt"
for OUTPUT AS #buch
40 CLS
50 INPUT "Wenn du lesen möchtest,
ENTER"
60 LPRINT #buch
70 LPRINT CHR(12)
80 REM
90 REM Ende
```

Wenn du lesen möchtest, ENTER.

Das Artefakt

Pling!

Endlich kam das erwartete Signal vom Abstandsradar. Ihr Ziel war in Reichweite.

Plum legte das Pad, in dem er die letzten Stunden gelesen hatte, zur Seite und warf einen Blick auf die Anzeigen vor seiner Nase. Alle Werte entsprachen seinen Erwartungen. Sie lagen genau im Plan. Es war ein perfekter Flug gewesen.

»Wir sind da«, sagte er.

Ridding reagierte nicht. Wie immer. Den altgedienten Prospektor als schweigsam zu bezeichnen, war mehr als eine Untertreibung. Das hatte Plum schon bei ihrer ersten Begegnung festgestellt. Der Mann redete nur, wenn es nicht anders ging. Manchmal sagte er stundenlang kein Wort und richtete seine ganze Aufmerksamkeit auf die Instrumente um ihn herum. Vermutlich entging seinen hellblauen Augen hier draußen im Asteroidengürtel nicht das kleinste Staubkorn, von größeren Brocken ganz zu schweigen, und von beidem gab es jede Menge.

Dabei hätte er genauso gut schlafen können, wie es Plum auf den stundenlangen, ereignislosen Flügen zwischen ihren Einsatzorten oft tat, denn auf die automatischen Warnsysteme war Verlass. Wenn etwas so nahe kam, dass es dem Boot gefährlich werden konnte, ließ der Computer ein paar Mal die Steuerdüsen aufblitzen, und alles war erledigt. Was größer war als ein Kleinwagen, war ohnehin registriert und kartiert und wurde bei der Kursberechnung einbezogen.

Der Erkundungsflug im äußeren Hauptgürtel war Plums erster richtiger Einsatz. Er hatte den Job bekommen, weil er der beste Pilot seines Jahrgangs war. Er konnte in den Ringen des Saturn Slalom fahren. Aber vom Geschäft der Prospektoren hatte er keine Ahnung.

Plum schaltete den Autopiloten aus, um ihr Raumboot in einen Orbit um den kleinen, namenlosen Asteroiden zu steuern. Er hatte das in den zwanzig Tagen, seitdem sie von Eos losgeflogen waren, so oft getan, dass das Manöver Routine geworden war.

Er richtete sich in seinem Sessel ein wenig auf, um besser durch das kleine Bugfenster schauen zu können. Draußen war nur rabenschwarzer, kalter Weltraum. Links von sich, außerhalb der schützenden Hülle, wusste er die Sonne in 400 Millionen Kilometer Entfernung. Der Asteroid, den sie ansteuerten, war ebenfalls nicht zu sehen. Er lag noch unterhalb seines Sichtfelds.

Zwei Stunden später kreiste das Raumboot der Astro Mining Company mit den beiden Männern an Bord in geringem Abstand um den kleinen, kartoffelförmigen Brocken von gerade einmal einem Kilometer Länge, der träge durch das Nichts taumelte. Ridding war jetzt ganz in seinem Element. Der Prospektor hatte alles an Messinstrumenten und Sensoren aufgefahren, was das Boot hergab. Sie versorgten ihn mit einer stetigen Flut von Daten vor allem über die Zusammensetzung des Himmelskörpers. Die beiden Männer waren auf der Suche nach Vorkommen von seltenen Metallen und anderen Rohstoffen, deren Abbau sich lohnen könnte.

Plum sah die sich schnell bewegenden Zahlenreihen auf seinem Backup-Monitor, aber er konnte damit im Unterschied zu Ridding wenig anfangen. Er hielt sich lieber an die Bilder, die eine hochauflösende Kamera einfing. Der Asteroid wurde von der fernen Sonne in mattes Licht getaucht. Die Oberfläche hatte die Farbe von Sahnebonbons und war mit Dutzenden großen und kleinen Kratern gesprenkelt. Der im Asteroidengürtel allgegenwärtige kosmische Schutt, das Ergebnis ungezählter Kollisionen, hatte in Jahrmillionen alle Kanten rundgeschliffen und die Oberfläche pulverisiert. Der Anblick dieser fremden, trostlosen Welten hatte Plum vom ersten Augenblick an fasziniert, und er konnte sich davon kaum losreißen.

»Scheiße!«

Riddings Ausbruch ließ Plum erschrocken zusammenfahren. Irritiert sah er seinen Gefährten an. Der drehte konzentriert an einigen Reglern und fluchte leise vor sich hin. Solch einen Gefühlsausbruch hätte Plum niemals von ihm erwartet.

»Was ist passiert?«

Gegen seine Erwartung bekam er prompt eine Antwort, auch wenn er nichts damit anfangen konnte.

»Da unten ist etwas, das dort nicht hingehört.«

Ridding blickte von seinen Instrumenten auf und sah Plum grimmig an.

»Ich muss da raus.«

»Willst du mir nicht sagen, was los ist?«

Ridding schnaubte und wollte abwinken. Aber er überlegte es sich und nickte.

»Ich schicke dir ein paar Koordinaten. Sieh es dir an.«

Ein neuer Datensatz tauchte auf Plums Monitor auf. Der Pilot übertrug die Zahlen in die Steuerung der Kamera. Auf dem Bildschirm wischten die Oberflächenstrukturen des Asteroiden einige Sekunden lang vorbei.

Dann stand das Bild still. Zu sehen war – das Gleiche wie zuvor.

»Du musst es stark heranzoomen.« Ridding war richtig gesprächig geworden.

Plum tippte ein paar Mal auf den Bildschirm. Wenige Momente später tauchte am Rande einer größeren Kraters ein Fleck auf, der immer größer wurde, bis ein gleichseitiges Sechseck auf dem Monitor zu sehen war. Es glänzte wie Metall und war für eine natürliche Formation zu regelmäßig. Laut dem eingeblendeten Maßstab betrug die Diagonale etwa zwei Meter. Da es fast keinen Schatten warf, musste das Gebilde verhältnismäßig flach sein.

»Was ist das?« Seine Stimme war nur noch ein Flüstern. Plum hatte eine Ahnung, die ihm ein sehr flaues Gefühl im Magen bescherte.

Das Bild weiter zu vergrößern brachte nichts. Plum steuerte das Raumboot näher heran. Die Konturen des Sechsecks wurden klarer, zugleich erkannte Plum eine Reihe von kleinen Aufbauten und Einbuchtungen. Ob sie irgendeine Funktion hatten, war nicht zu erkennen. Die Oberfläche sah aus, wie mit groben Schmirgelpapier behandelt, wahrscheinlich eine Folge des stetigen Beschusses mit Asteroidenstaub und hochenergetischen Partikeln. Plum hatte so etwas noch nie gesehen.

»Es muss sehr alt sein.« Plums Stimme bebte vor Ehrfurcht.

Ridding nickte. Ihn schien der Anblick nicht zu beeindrucken. Stattdessen stapfte er zum Ausgang des Cockpits, wo sein Raumanzug in einer Nische hing. Er gab Plum ein Zeichen, dass er landen solle, und zwängte sich in den Anzug. Das Modell, das sie an Bord hatten, war für kurze Außenbordaufenthalte gedacht und weniger dazu, auf Asteroiden herumzuspazieren. Aber Ridding musste wissen, was er tat. Er war ein erfahrener Prospektor und hatte Hunderte solcher Einsätze hinter sich. Er zog es vor, Bodenproben, die im Labor auf Eos auf ihren Rohstoffgehalt hin untersucht werden sollten, selbst zu holen, statt von Bord aus mit den Werkzeugarmen eines Rovers zu hantieren.

Der Pilot war sicher, dass sie es mit einem außerirdischen Artefakt zu tun hatten. Alles an dem Gebilde, außer der Form, war fremdartig. Selbst die Farbe, ein fleckiges Dunkelgrün, das von perlmuttartigen Schlieren durchzogen war, kam ihm so vor. Das konnte nicht auf der Erde oder in der kleinen Marskolonie entstanden sein. Dafür war es sicher viel zu alt. Sie waren erst seit ein paar Jahrzehnten hier im Asteroidengürtel.

Während er Ridding hinter sich hantieren hörte, ging Plum in den Landeanflug. Als Landeplatz hatte er eine fast kraterfreie Fläche ungefähr 100 Meter von dem Artefakt entfernt ausgesucht. Die Landung stellte ihn vor keine große Herausforderung, dennoch bildete sich Schweiß auf seiner Stirn, und seine Hände wurden feucht, als er zum Steuerknüppel griff. Dies hier, wusste Plum, war ein historischer Moment. Da durfte er ruhig aufgeregt sein.

Als alle sechs Landebeine Bodenkontakt hatten und Plum das Raumboot mit den Sprengankern am Untergrund befestigt hatte, öffnete Ridding die Schleuse im Mittelteil. Plum beobachtete ihn mit einer der vier Außenbordkameras. Zwei andere hatte er auf das Artefakt gerichtet. Aus dem Blickwinkel war aber nicht allzu viel zu erkennen.

Sein Kollege entfernte sich mit kleinen, hüpfenden Schritten vom Boot. Jedes Mal, wenn er einen Fuß auf den Boden setzte, wirbelte ein wenig von dem pulvrigen Regolith auf, das die Oberfläche in einer dünnen Schicht bedeckte. Ridding musste vorsichtig sein. Die Anziehungskraft dieses Asteroiden war so gering, dass ihn ein kräftiger Sprung kilometerweit ins All hinausbefördern konnte und er Stunden brauchen würde, um wieder zu landen. Dennoch kam er gut voran. Das Gelände war eben, es gab nur einige kleine Krater, die er problemlos umgehen konnte.

Plum spürte einen leichten Stich im Herzen, als ihm bewusst wurde, dass er in diesem einmaligen Moment nur Zuschauer war und den Platz in der Geschichte einem anderen überlassen musste. Das erste Mal traf ein Mensch auf ein außerirdisches Artefakt, konnte es berühren, fühlen. Eine solche Gelegenheit gab es nie wieder.

Er seufzte. Immerhin war er in der Nähe, und weil er irgendetwas tun musste, machte er ein paar Standbilder und speicherte sie zusammen mit kurzen Videosequenzen auf seinem privaten Pad ab. Die Erinnerung konnte ihm niemand nehmen, und so hatte er etwas, das er vorzeigen konnte, um zu beweisen: Ich war dabei.

Ridding hatte das Artefakt inzwischen erreicht und ging langsam um es herum, als suche er nach etwas Bestimmtem.

»Tja, sieht ganz nach einem Roswell aus«, hörte Plum ihn über Funk sagen. Er konnte mit diesem Ausdruck nichts anfangen. Aber er fragte nicht danach.

»Los, was siehst du? Lass dir doch nicht alles aus der Nase ziehen«, drängelte Plum, als er einige Sekunden lang nur das gleichmäßige Atmen des Prospektors gehört hatte.

»Das Ding sieht ein bisschen wie eine zu groß geratene, verbeulte Keksdose aus. Es ist ziemlich tot«, war die erstaunlich lange Antwort. Plum sah, wie Ridding mit dem Fuß dagegen trat. Das Artefakt rührte sich nicht.

In Plums Kopf überschlugen sich die Gedanken. Was mochte das sein? Ein außerirdischer Spionageanlage? Eine Boje? Ihm kam gleich eine ganze Reihe von möglichen Verwendungszwecken in den Sinn. Wenn es, wie es schien, alt und nicht mehr funktionstüchtig war – hatte das Artefakt dann seine Aufgabe längst erfüllt? Hatte es aus Altersschwäche einfach seine Arbeit eingestellt? Wie lange stand es dort schon und warum auf einem bedeutungslosen Asteroiden? Das würde für eine Boje sprechen. Denn wenn es im Sonnensystem für Aliens etwas auszuspionieren gab, war es die Erde. Aber die war weit weg.

Jetzt ging Ridding auf die Knie und schien unter dem Artefakt zu hantieren. Plum konnte nichts erkennen, weil der Prospektor ihm den Rücken zuwandte und sein Körper die Hände verdeckte. Dann stand Ridding auf, klopfte sich Staub vom Raumanzug und machte sich auf den Rückweg. Das Ganze hatte keine fünf Minuten gedauert. Plum war überzeugt, dass er das Artefakt stundenlang ehrfurchtsvoll bestaunt hätte und erst zurückgegangen wäre, weil ihm der Sauerstoff ausging.

Eine halbe Stunde später löste Plum die Anker und ließ das Raumboot langsam vom Asteroiden wegtreiben. Das Artefakt wurde kleiner und kam nur deshalb nicht außer Sicht, weil Plum eine Kamera darauf fokussiert hatte.

Als sie sich fünf Kilometer von der Oberfläche entfernt hatten, leuchtete ein Blitz auf dem Monitor auf, und das Artefakt verging in einer farbenfrohen Explosion. Trümmerteile wirbelten davon.

Plum sah Ridding entgeistert an.

»Was, was – war das?« Er stammelte vor Überraschung und Entsetzen.

»Eine Explosion«, sagte Ridding trocken und grinste.

Dem Piloten dämmerte es.

»Du warst das? Du hast das Artefakt in die Luft gesprengt?« Er hätte sich am liebsten auf Ridding gestürzt und ihn erwürgt, aber der Gurt hielt ihn im Pilotensitz fest. Außerdem musste er das Boot steuern.

»In die Luft nicht gerade, aber ansonsten hast du recht. Wir können jetzt weiterfliegen. Ich kümmere mich schon um alles.«

Plum schnappte nach Luft. Der Mann, mit dem er seit Tagen durchs Weltall flog, hatte mir nichts, dir nichts ein Zeugnis außerirdischen Lebens zerstört und tat, als sei nichts passiert. Die Frage, ob es auf anderen Welten als auf der Erde Leben gab, hatte die Menschheit seit Jahrhunderten beschäftigt. Sie waren bis an den Rand des Sonnensystems geflogen, hatten jedoch nirgends eine Spur von Leben gefunden. Jetzt hatte die Antwort vor ihnen gelegen, und Ridding hatte sie mit einer Hand voll Sprengstoff ausgelöscht.

Plum überhäufte den Mann, dessen Partner er werden wollte, mit Vorwürfen. Ihm fielen gar nicht so viele Schimpfwörter ein, wie er gebraucht hätte, um seiner Empörung Luft zu machen.

Ridding hörte sich die Tiraden ungerührt an, während er an Reglern drehte und auf seinem Pad herumtippte.

Die Bilder auf den Monitoren erloschen, und einige Anzeigen wechselten. Plum verstand nicht, warum der Prospektor einfach zur Routine überging. Er war viel zu aufgebracht, um darauf zu achten, was Ridding genau machte.

Irgendwann ging seine Empörung in Resignation über. Er hätte heulen mögen.

Ridding sah auf, als die Stille ein paar Sekunden lang angehalten hatte, und wandte sich Plum zu.

»Glaubst du etwa, das war das erste Mal?«

Was ihm Ridding anschließend verriet, war ungeheuerlich. Seit weit mehr als 100 Jahren, noch bevor der erste Mensch in den Weltraum geflogen war, wussten Regierungen auf der Erde von der Existenz von Außerirdischen. Seither waren immer wieder Artefakte gefunden worden, vor allem in den Weiten des Asteroidengürtels. Wenn sie sich äußerlich nicht von schon bekannten Exemplaren unterschieden, wurden sie gesprengt. Ihr Arbeitgeber, die Astro Mining Company, war dabei der verlängerte Arm der Regierungen.

»Aber warum machen sie das?« Plum war verzweifelt.

Ridding zuckte mit den Schultern. »Keine Ahnung.«

Der Prospektor war bestimmt kein einfältiger Kerl, sondern jemand, der mit beiden Beinen auf der Erde stand, soweit man das von einem, der im Weltraum arbeitete, sagen konnte. Aber er scherte sich offensichtlich nicht um Dinge, die sein Leben nicht direkt betrafen.

Plum ließ nicht locker, obwohl ihm klar war, dass er nichts ausrichten würde.

»Wie kann das so lange geheim gehalten werden? Es muss sich bloß jemand die Aufzeichnungen ansehen, die wir gemacht haben. Und all die anderen.«

Als Ridding nichts sagte, sondern ihn ruhig anblickte, wusste Plum Bescheid. Sein Denk- und Urteilsvermögen kehrte zurück und seine Erinnerung. Deshalb waren vorhin die Bilder von den Monitoren verschwunden.

»Du hast alles gelöscht?«

Plum hätte fast laut gelacht, als ihm bewusst wurde, dass er in seiner Ahnungslosigkeit diese Verschwörung versehentlich unterlaufen hatte. Aber er riss sich zusammen.

Ridding legte nur den Kopf ein wenig zur Seite. Es sollte wohl ja bedeuten. Er stemmte sich mit beiden Händen aus seinem Sessel hoch und machte Anstalten, das Cockpit zu verlassen.

»Ich hau' mich aufs Ohr. Bring uns heil nach Hause, Junge«, sagte er und verschwand im hinteren Teil des Bootes. Dort hatte jeder von ihnen eine kleine, enge Kabine mit kaum mehr darin als einer Hängematte und einem Spind.

Der junge Pilot wartete, bis der Kollege aus dem Blickfeld verschwunden war. Er nahm behutsam sein Pad in die Hand und steckte es vorsichtig in die Tasche seiner Montur. Er war jetzt der Hüter eines Schatzes.

Zeit für die Schicht

oder Das unglaubliche Abenteuer des Taxifahrers Jack Lapell und der (un-)vermeidliche Niedergang des Königs Poltrux

Irgendwo auf der Erde:

Jack Lapell, der Not gehorchend Taxifahrer, zog sich hastig an.

»Ist es schon wieder so spät?«, fragte eine schläfrige Stimme von irgendwo unter der Bettdecke. Jack fluchte unterdrückt, weil er in der Dunkelheit fast über eine leere Flasche gestolpert wäre, und nochmal, als er sein Hemd zuknöpfen wollte und bemerkte, dass er es falsch herum angezogen hatte.

»Mach doch das Licht an«, kam wieder die Stimme, eine Frauenstimme, aber da war Jack schon durch die Tür. Zeit für die Schicht!

Das Dumme daran war nur, dass er nicht auf der anderen Seite der Tür ankam.

Irgendwo am anderen Ende des Universums:

König Poltrux klatschte begeistert mit seinen sechs Flossenhänden. Soeben hatte sein Oberster Feldherr, der treue Herzog Wirrox, die Bombe abgeworfen und erklärte mit feierlicher Stimme:

»Mein König! Unser feines Bömbchen wird den verräterischen Graf von Blunk aus dem Universum fegen und mit ihm seine ganze feige Brut.«

Sein Gesichtsausdruck war ganz und gar nicht feierlich.

»Der Raumkrümmungsvektor nimmt zu«, murmelte die Stimme irgendeines Wissenschaftlers aus den verborgenen Lautsprechern. »In wenigen Minuten wird das Raum-Zeit-Gefüge aufreißen und den verdammten Planeten verschlingen.«

Das klang nicht besonders wissenschaftlich. König Poltrux hörte darüber hinweg. Schließlich herrschte Krieg. Diesem elenden Blunk würde er es schon zeigen.

Auf den Bildschirmen, die eben noch einen blau schimmernden Planeten und das samtschwarze All gezeigt hatten, bildete sich ein rot flammender Riss.

»Da stimmt was nicht!«, schrie der Herzog, und so war es auch: Der Riss dehnte sich im Bruchteil einer Sekunde ins Unendliche aus und griff nach Seiner Majestät Flaggschiff »Der Unsinkbare«. Pech für König Poltrux. Aber auch Pech für Jack Lapell, der mit der ganzen Angelegenheit nicht das Geringste zu tun hatte.

Irgendwo:

Jack stolperte in die plötzliche Lichtfülle. Als er seine geblendeten Augen wieder öffnete, stellte er mit erschreckender Kaltblütigkeit fest, dass er nicht im Hausflur angekommen war, sondern in einer fremden, bizarren Welt.

»Verdammter Mist«, murmelte er. Zur Schicht würde er wohl heute nicht mehr rechtzeitig kommen.

Er stand auf einer weiten Ebene, auf der sich blasslila Gras leicht im Wind bewegte. Darüber spannte sich ein grüner Himmel, aus dem zwei knallblaue Sonnen wie riesige Augen auf die Welt starrten. Jack begann zu schwitzen. Er lockerte die Krawatte und zog die Lederjacke aus.

Es war merkwürdig still, selbst der Wind verursachte keine Geräusche. Ringsherum war, so weit das Auge reichte, nur dieses alberne Gras.

»Ist hier denn niemand?«, brüllte er wütend in die Weite. Aber Jacks Stimme versickerte wie Wasser im Sand. Er war sich nicht einmal sicher, ob er überhaupt geschrien hatte.

Um so erschrockener war er, als er hinter sich ein sanftes »Plopp!« hörte. Noch im Umdrehen sah er ein äußerst seltsames Gebilde, das an einen überdimensionierten Flaschenkürbis erinnerte, einige Meter über dem Boden aus dem Nichts auftauchen und, nachdem es dort wie unentschlossen einen Augenblick hängengeblieben war, wie ein Stein durchsacken. Als das Gebilde aufschlug, war nichts weiter zu hören als ein Rascheln, ähnlich dem, das beim Zerknüllen von Zellophan entstand.

»He, hallo!«, schrie er und rannte mit den Armen fuchtelnd los.

König Poltrux erstarb die scharfe Bemerkung, mit der er seinen Herzog zurechtweisen wollte, unter einem ohrenbetäubenden Knall, der das gesamte Schiff wie eine Glocke dröhnen ließ. Kaum hatte sich der kriegerische Herrscher von seinem Schreck erholt, als das Schiff wie ein altertümlicher Fahrstuhl in die Tiefe sackte und mit ungeheurem Dröhnen gegen ein Hindernis prallte. Herzog Wirrox wurde durch die Zentrale gewirbelt und landete bäuchlings auf seinem König.

»Verzeihung«, konnte er gerade noch stammeln, bevor der König in höchsten Tönen auf seinen Obersten Feldherren und die ganze Wissenschaftlerbande zu schimpfen begann.

Poltrux beruhigte sich erst, als die Bildschirme aufleuchteten. Verwundert sah der König auf eine weite, tiefrote Ebene unter einem fast schwarzen Himmel. Auf dieser Ebene bemerkte er in einiger Entfernung ein groteskes Gebilde, das sich mit seltsamen Bewegungen dem Schiff näherte.

Das Gebilde bestand aus einem annähernd zylindrischen, aufrechten Mittelteil, das leicht abgeflacht war. Aus dessen Basis wuchsen zwei lange Fortsätze, auf denen sich das Gebilde offensichtlich bewegte. Dem anderen Ende des Zylinders entsprangen zwei ähnliche Fortsätze, die seitlich angebracht waren und ein seltsames Eigenleben zu haben schienen. Dazwischen wuchs auf einem kurzen Sockel eine hässliche, verformte Kugel, die sich ebenfalls bewegte.

Der König und sein Oberster Feldherr waren von dieser Erscheinung so fasziniert, dass es ihnen entging, wie auf der gegenüberliegenden Seite des Befehlsstandes ein blaues Licht zu blinken begann. Erst ein sonores Brummen riss sie aus der Erstarrung. Aber da war es bereits zu spät.

»Die zweite Bombe!«, schrien der König und der Herzog im Duett. In diesem Augenblick gab es eine gewaltige Explosion, und das Universum zerriss erneut.

Irgendwo auf der Erde:

Als Jack Lapell unverhofft doch noch in die Dunkelheit des Hausflurs eintauchte, wusste er im ersten Augenblick überhaupt nicht, wo er nun schon wieder gelandet war. Benommen schüttelte er den Kopf.

»Verdammter Alkohol, bringt mich noch völlig um den Verstand«, sagte er zu sich selbst, rückte die Krawatte zurecht und streifte die Jacke über. Zeit für die Schicht!

Irgendwo am anderen Ende des Universums trieb ein flaschenkürbisförmiges Raumschiff taumelnd auf einen blau schimmernden Planeten zu.

Da ist was im Busch

»He, hierher!«, kam es aus dem Buschwerk am Straßenrand. Ritchie, der auf dem Weg nach Hause war und es nicht eilig hatte, blieb wankend stehen und sah sich verwirrt um. In der Dunkelheit waren Straße und Sträucher nur durch die Schattierung der Schwärze zu unterscheiden. Es war niemand zu sehen. Dass sich nachts jemand in dieser Gegend rumtrieb, in die sich schon am Tage kaum einer verirrte, wunderte ihn.

Kaum setzte er sich wieder in Bewegung, erklang die Aufforderung das zweite Mal. Der Unbekannte musste sich direkt neben ihm versteckt haben.

Ritchie drehte sich langsam zur Seite. Sorgfältig musterte er, soweit das möglich war, die Umgebung und lauschte. Weit und breit bewegte sich nichts. Aber zweifellos saß jemand im Gebüsch und rief nach ihm.

Er kannte die Gegend wie seine Westentasche, er war hier aufgewachsen: Hinter dem Buschwerk, das ihm gerade bis an die Brust reichte, begann nach einigen zehn Metern eine größere Waldfläche, die vom Fluss begrenzt wurde.

Angst und Neugier fochten in ihm ihren Kampf; die letzte siegte. Das lag nicht zuletzt an seinem Alkoholpegel, der im Laufe des Abends langsam, aber stetig gestiegen war. Er fühlte sich unschlagbar.

»Ich komme«, stieß er hervor und brach in das Buschwerk ein. Er hielt die Arme über dem Kopf und bewegte sich langsam vorwärts.

Nichts! Nach fünf Schritten blieb Ritchie stehen.

»Los, komm raus!« Die Angst hatte ein wenig an Boden gewonnen. Sehen konnte er weiterhin nichts. Er ging noch einmal zwei, drei Meter.

»He, hierher!« Die Stimme war direkt vor ihm.

Blödes Spiel, dachte Ritchie, aber er machte mit. Dann stand er im Wald. Mit der Schulter hatte er einen Baum gestreift.

Noch dreimal ertönte die Stimme, die ihm, als er genauer darauf achtete, seltsam verzerrt und falsch betont vorkam. Ein merkwürdiger Akzent. Langsam wurde ihm die Sache zu bunt. Vermutlich steckte einer seiner Freunde, mit denen er an diesem Abend lange und ausgiebig getrunken hatte, dahinter. Aber er hatte keine Ahnung, wer es sein könnte.

»Zeig dich, du Feigling«, schrie Ritchie in die Richtung, in der er den Unbekannten vermutete. Eine Antwort erwartete er nicht, er bekam auch keine.

An einer leichten Aufhellung der Dunkelheit erkannte er, dass er auf die Lichtung gekommen war. Abrupt blieb er stehen.

Als er eine Bewegung wahrzunehmen glaubte, rannte er los. Aber nach nicht einmal drei Schritten prallte er gegen ein Hindernis. Er wurde zu Boden geschleudert, sein Kopf dröhnte. Aus der Dunkelheit schlug ihm schrilles Gelächter entgegen.

»Nicht so stürmisch, junger Mann!«, riet ihm die inzwischen vertraute Stimme.

Ritchie rappelte sich auf und tastete sich vorsichtig vorwärts. Seine Fingerspitzen berührten das Hindernis. Es war glatt und kühl, zu sehen war nichts, absolut nichts. Sogar als er sich die Nase an der Barriere plattdrückte, konnte er sie optisch nicht ausmachen. Es war, als stünde eine große Glasplatte mitten im Wald.

Als auch noch Licht aufflammte, war das Maß voll. Ritchie blieb, halb mit dem Rücken an das unsichtbare Hindernis lehnend, wie betäubt liegen. Es war tatsächlich völlig unsichtbar, auch in diesem hellen Licht konnte Ritchie nichts erkennen.

Er blinzelte in den überaus starken Scheinwerfer, der die Bäume in ein kalkiges Licht tauchte. Ringsherum war es fast taghell. Die Lichtquelle war nicht zu erkennen. Dort war nur ein großer, gleißender Fleck.

Eine Weile passierte nichts. Ritchie hielt den Atem an und lauschte. Seine Neugier, durch die unsichtbare Mauer behindert, bröckelte ab, die Angst, langsam zunehmend, war eher lähmend. Ab und zu knackte es im Gehölz, Blätter raschelten im Wind. Jenseits der unsichtbaren Mauer zischte etwas, ein feines Knistern durchzog die Dunkelheit, aus dem Boden schien ein dumpfes Pochen hochzusteigen. Das alles passte so wenig in die nächtliche Kulisse des Waldes wie unsichtbare Mauern und Scheinwerfer.

Vielleicht träume ich das nur, versuchte Ritchie sich wenig überzeugend zu beruhigen und zählte im Geist die Biere des Abends zusammen. Er kam auf eine Zahl, die ihm nicht annähernd hoch genug erschien, um eine derartige Halluzination hervorzurufen.

»Okay, das reicht«, hörte Ritchie endlich die Stimme wieder. Sie kam von irgendwo hinter dem Licht. Seltsamerweise hatte sie eine beruhigende Wirkung auf ihn.

»Mach' endlich das verdammte Licht aus«, schimpfte er mit wieder steigendem Mut. Statt einer Antwort kam eine kleine Gestalt langsam aus der Helligkeit und baute sich vor ihm auf.

Erschrocken sprang Ritchie auf. Ihm wurde schwindelig, und er musste sich an der unsichtbaren Wand abstützen, um nicht umzufallen. Ritchie sah ein schier unbegreifliches Wesen. Es war kaum einen Meter groß und hatte ein Gesicht, das einer missglückten Kreuzung zwischen einer Bulldogge und einer Kröte hätte gehören können. Arme und Beine waren dagegen menschenähnlich. Die Hände und das Gesicht waren von kräftiger grüner Farbe. Den übrigen Körper, der keineswegs unproportioniert wirkte, bedeckte eine Art Overall gleicher Farbe. In der linken Hand hielt das Wesen eine braune Flasche.

Ritchies Blick fiel auf die Füße des Gnoms, der zweifellos die Verantwortung für alles trug, was er in den letzten Minuten erleiden musste. Der Kerl trug gelbe Turnschuhe.

»Was willst du von mir?«, stammelte Ritchie halb entsetzt, halb ungläubig.

Das grüne Männchen mit den gelben Schuhen machte mit der freien Hand eine unbestimmte Geste.

»Keine Panik. Ich wollte mir einen von euch nur mal aus der Nähe ansehen«, antwortete der grüne Kerl in schnoddrigem Tonfall. Er sah Ritchie einen Moment aus seinen großen Glupschaugen an und warf ihm die Flasche zu. Gegen Ritchies Erwartung flog sie ungehindert durch die unsichtbare Mauer und landete unversehrt neben seinen Füßen auf dem Waldboden.

»Trink erst mal einen auf den Schreck«, sagte das grüne Männchen mit den gelben Schuhen und verschwand im Licht.

Ritchie fiel lang hin, als die unsichtbare Mauer sich einfach auflöste. Augenblicke später erlosch das Licht. Der große Schatten, der vor den Bäumen lautlos in den Himmel schwebte, war bereits verschwunden, als Ritchies Augen sich an die Dunkelheit gewöhnt hatten.

Erst jetzt, als es kaum noch von Nutzen war, fiel ihm das Feuerzeug in der Hosentasche ein. Die Flamme reichte gerade aus, um die nähere Umgebung zu beleuchten. Auch wenn er fast nichts sah, wusste er, dass er alleine war. Alleine mit einer Flasche Bier, die vor seinen Füßen lag.

Überlicht

I.

Die »Kundschafter« raste auf einen imaginären Punkt jenseits der Neptun-Bahn zu, den nur der Bordcomputer kannte. Im entscheidenden Moment, auf die Millisekunde genau, würde er den Handa-Antrieb aktivieren. Kein Mensch war in der Lage, einen Knopf so präzise zu drücken, auch Kepler, der Pilot, nicht.

Es machte ihm nichts aus, jetzt die Hände in den Schoß zu legen. Er war einfach nur stolz darauf, an diesem historischen Flug teilzunehmen und sich als einer der ersten Menschen schneller als das Licht zu bewegen. Er drehte den Kopf, soweit es der Raumanzug zuließ, und musterte die anderen Crewmitglieder. Ulfert, Xiaomeng und Doc Mutagamba schienen genauso in Gedanken versunken wie er.

Jahrelang hatten sie sich auf diesen Moment vorbereitet, hatten gebüffelt und trainiert, bis es wehtat. Jetzt konnten sie nur noch warten.

Kepler sah auf die große Countdown-Uhr, die wie eine Leuchtreklame vor ihm mitten auf der Instrumententafel klebte. Noch 20 Sekunden.

Er wusste, was sie erwartete: eine Enttäuschung. Sie würden nichts merken. Bei allen Testsprüngen hatten die unendlich vielen Sensoren und Kameras im Schiff und außerhalb nichts registriert, keine Erschütterung, keine Verzögerung, keine Farbeffekte, nichts. Die Schiffe waren einfach unbeschadet an einer anderen Stelle im Weltall aufgetaucht. Ein Hund, den sie mitgeschickt hatten, war quicklebendig ins Sonnensystem zurückgekehrt.

Dass das Tier nicht auf die Erde zurück durfte, sondern im Weltraum eingeschläfert wurde, hatte Kepler traurig gestimmt. Aber es wäre wegen der mangelhaften Abschirmung der Sonde ohnehin bald an den Folgen der harten Strahlung im Weltraum gestorben.

Noch zehn Sekunden. Kepler spürte, wie sich in seinem Magen ein Klumpen zu bilden schien. Es wurde ernst. Er starrte durch das Cockpitfenster hinaus ins Weltall, als könne er jenen Punkt erkennen, auf den die »Kundschafter« zusteuerte. Aber draußen war es einfach nur schwarz. Es gab nichts zu sehen, außer seinem Spiegelbild auf der dicken Scheibe.

»Alle System auf go«, rief Xiaomeng in die Stille hinein und zählte laut den Countdown mit.

Null. Die Kontrollleuchte für den Handa flackerte kurz von Rot nach Grün, dann glomm sie weiter rot vor sich hin und der Sekundenzähler der Countdown-Uhr sprang um auf eins – zwei. . .

»Das war wohl nix«, sagte Doc Mutagamba. »Oder?«

Der Mediziner hatte von ihnen allen die geringste Weltraumerfahrung. Es war erst sein zweiter Einsatz.

Er sah Ulfert und Xiaomeng fragend an. Der Physiker und Kommandant der Mission und seine Assistentin mochten als einzige an Bord eine Ahnung davon haben, was da im Heck passierte. Die Wirkung des Handas konnte man berechnen, aber verstehen konnte man ihn nicht. Für Kepler und Doc Mutagamba zählte ohnehin nur, dass er funktionierte.

»Abwarten«, antwortete Ulfert und wies mit einer Kopfbewegung auf die Konsole des Bordcomputers, der jetzt an der Positionsbestimmung arbeiten sollte. Dazu musste er bestimmte Sternenkonstellationen finden und vermessen und aus den Abweichungen zu den gespeicherten Daten den Standort errechnen. Bei einem geplanten Sprung von knapp zwei Lichtjahren in der Ebene der Ekliptik sollte das nicht schwer sein, dachte Kepler.

Der Computer brauchte eine halbe Stunde. Die »Kundschafter« war mit einer Abweichung von einigen Millionen Kilometern am vorgesehen Ziel angekommen. Das war, als hätte man sich für genau ein Jahr später verabredet und käme zehn Sekunden zu spät.

Kepler, Ulfert, Xiaomeng und Doc Mutagamba lagen sich lachend in den Armen und hüpften im Cockpit auf und ab. Um vor Freude herumzuspringen, war es zu eng. Sie hatten es geschafft. Der sonst immer sehr ernsthafte Dr. Ulfert Klijnsma strahlte über das ganze Gesicht. Für ihn war ein Lebenstraum in Erfüllung gegangen.

Zur Feier des Tages gab es zwar keinen Schampus, aber Ulfert schaltete die Instrumentenbeleuchtung komplett ab. Aus der Dunkelheit des Cockpits konnten die vier Menschen hinaus in die Dunkelheit des interstellaren Raumes schauen. In der Ferne funkelten die Sterne. Es war ein grandioser Anblick.

Wir sind weit gekommen, dachte Kepler.

II.

Die Crew hatte drei Wochen Zeit für allerlei Untersuchungen. So lange dauerte es, bis das Schiff die 180-Grad-Kehre geflogen haben und der Flugvektor wieder Richtung Heimat zeigen würde. Sie bildeten zwei Teams und stellten das Schiff total auf den Kopf. Ulfert und Xiaomeng nahmen sich den Handa-Antrieb vor. Manchmal saßen sie stundenlang zusammen und brüteten über

Diagrammen und unendlichen Datenreihen. Kepler und Doc Mutagamba kümmerten sich um alles andere. Dazu gehörten Dutzende von wissenschaftlichen Experimenten, medizinische Untersuchungen und mehr.

Irgendwann war Xiaomeng mit dem Mediziner zusammengezogen, das heißt, sie verbrachten die »Nächte« gemeinsam in einer ihrer Minikabinen, was mit einer entsprechenden Geräuschkulisse verbunden war. Intime Beziehungen zwischen Besatzungsmitgliedern waren gegen die Vorschriften. Als Ulfert das Paar darauf ansprach und mit Konsequenzen drohte, lachte die Chinesin.

»Ich bin Xiaomeng, die erste Frau, die schneller als das Licht gereist ist. Was soll mir schon passieren?«, sagte sie schnippisch. Damit war die Sache erledigt. Was Doc Mutagamba dazu zu sagen hatte, wollte Ulfert gar nicht mehr wissen.

»Aber macht nicht immer so'n Lärm dabei«, sagte der Kommandant und ging an seine Arbeit. Es gab genug zu tun. In drei Tagen würde die »Kundschafter« ihre große Kehre beendet haben und wieder in Richtung Sonnensystem fliegen.

III.

Es wurde Zeit für Keplers Ausflug. Er musste das Schiff von außen überprüfen, die Hülle und die vielen Sensoren auf Schäden kontrollieren. Doc Mutagamba und Xiaomeng halfen dem Astronauten, den klobigen Raumanzug überzustreifen. Ulfert schaltete den Antrieb der »Kundschafter« ab.

»Alles klar bei dir, Kepler?«

»Könnt' nicht besser sein, danke der Nachfrage. Ich bin jetzt in der Schleuse.«

Kepler wuchtete sich Schritt für Schritt näher zum Außenschott. Die Schalter waren extra groß ausgelegt, damit er sie mit seinen unförmigen Handschuhen problemlos bedienen konnte. Es dauerte mehrere Minuten, bis die Pumpen den kostbaren Sauerstoff aus der Schleuse gesogen hatten. Kepler drückte auf »Open«.

Er sah, wie sich der offen liegende Mechanismus der Verriegelung für das Außenschott langsam bewegte. Eine Lampe sprang von Rot auf Grün. Kepler stemmte die Klappe, die ihn vom freien Weltraum trennte, langsam auf. Ein Streifen Schwarz war zu sehen, der allmählich breiter wurde.

Kepler befestigte die Sicherungsleine neben dem Schott und ließ sich in den Weltraum treiben. Er hatte ein mulmiges Gefühl. Um ihn herum war nichts als Leere. Er war nicht begeistert gewesen, als er erfahren hatte, dass er als erster Mensch im interstellaren Raum einen Außeneinsatz machen sollte. Dieser Platz im Geschichtsbuch der Weltraumfahrt war ihm egal.

Er gab sich der Routine hin. Es war stockdunkel. Ohne das Licht der beiden Scheinwerfern an seinem Helm würde er nicht einmal die Hand vor Augen sehen. Die Kontrollprozedur hätte er im Schlaf absolvieren können. Einen Punkt nach dem anderen hakte er auf seiner Checkliste ab. Es war alles in Ordnung. An zwei, drei Stellen entdeckte Kepler winzige Beschädigungen, die irgendwelcher Weltraummüll verursacht hatte. So schnell, wie sie unterwegs waren, konnte ein Staubkorn eine Schramme hinterlassen.

Nach sechs Stunden war Kepler mit allem durch und gönnte sich einen Blick auf das Sternenmeer um ihn herum. Diese Aussicht war überwältigend. Die Milchstraße zog sich wie ein Band von Diamanten durch sein Gesichtsfeld. Nichts störte die Aussicht, selbst der klobige Rumpf ihres Schiffes machte sich unsichtbar.

Kepler suchte die Sonne. Sie lag genau in Flugrichtung. Sol war nur ein Stern im Sternbild Zwillinge. Auch einige andere Sterne fand er ohne große Probleme. Kepler fühlte sich in Zeiten zurückversetzt, als er in klaren Nächten sehnsuchtsvoll in den Himmel gestarrt hatte. Er hatte nur zum Mond gewollt. Jetzt war er mitten zwischen den Sternen.

Plötzlich verschwand einer der Sterne an Backbord, als hätte irgendjemand dort drüben das Licht ausgeknipst. Wenn Kepler nicht zufällig dorthin gesehen hätte, wäre es ihm nicht aufgefallen. Nach ein paar Minuten tauchte der Stern wieder auf, dafür verschwand ein anderer Lichtpunkt daneben von einem Moment zum anderen.

Kepler war wie elektrisiert. Es war klar, dass hier etwas Ungewöhnliches passierte.

»Meldung an Kommandant.«

IV.

Die Crewmitglieder hatten ihre Kontursessel so gedreht, dass sie Kommandant Klijnsma zugewandt saßen. Ulfert hatte ein Pad vor sich auf den Knien liegen und spielte mit einem Eingabestift. Kepler behielt mit einem Auge die Kontrollinstrumente im Blick. Die »Kundschafter« raste weiter mit konstanter Beschleunigung auf ihren Einsprungpunkt zu. Bis dahin war es nicht mehr weit. In ein paar Stunden waren sie wieder im Sonnensystem.

Ulfert legte den Stift auf das Pad und räusperte sich.

»Ich mache eine Zusammenfassung fürs Protokoll. Läuft die Aufzeichnung, Xiaomeng?«

Die Chinesin nickte. Sie und Ulfert waren ein eingespieltes Team, das schon auf der Erde lange zusammengearbeitet hatte. Ihre Eskapaden mochten ihn als Kommandanten stören, aber er wusste, dass er sich auf sie verlassen konnte.

»Also, Astronaut Paul Kepler hat bei einem Außeneinsatz am – hier bitte Datum und genaue Uhrzeit eintragen – im Leerraum backbord der ›Kundschafter‹ zwei Sternenbedeckungen beobachtet, die ihm ungewöhnlich erschienen. Die daraufhin erfolgte Auswertung der hochempfindlichen Außenkamera 6 für die astronomische Beobachtung der Backbordseite hat fünf weitere Bedeckungen in einem Zeitraum von mehreren Stunden ergeben. Sie lagen alle in der Schiffsebene und erfolgten in Flugrichtung der ›Kundschafter‹. Zwei von einander unabhängige Berechnungen, die von Dr. Xiaomeng Zhang und mir durchgeführt wurden, lassen nur eine Deutung zu: Ursache für die Sternbedeckung ist ein genügend großer Körper, der sich in nicht allzu großer Entfernung parallel und vermutlich sogar synchron zur ›Kundschafter‹ bewegt.«

Als Ulfert eine Pause einlegte, meldete sich Xiaomeng zu Wort. »Synchron bedeutet in diesem Fall mit derselben Beschleunigung wie wir.«

Doc Mutagamba stieß einen Pfiff aus. »Heiliger Baha'ullah«, entfuhr es ihm.

Kepler, der sich bisher mehr mit dem Protokoll seines Außeneinsatzes als mit den Folgen seiner Beobachtung befasst hatte, fühlte, wie sich sein Magen zusammenzog.

»Das heißt...«

Ulfert nickte.

»Das heißt, wir haben einen Begleiter.«

Alle redeten auf einmal. Obwohl sie nur zu viert waren, herrschte ein fürchterliches Durcheinander. Als sich alle beruhigt hatten, ergriff Ulfert das Wort.

»Wir haben einen Begleiter, und der kann nur künstlicher Natur sein. So unglaublich es klingen mag, aber da fliegt ein außerirdisches Raumschiff neben uns her.«

Das war mehr als unglaublich, fand Kepler. Hier draußen, irgendwo zwischen den Sternen, in diesem riesigen Universum, sollten sie zufällig auf Außerirdische treffen?

»Haben wir Möglichkeiten, mehr in Erfahrung zu bringen?«, wollte er wissen, obwohl er die Antwort kannte. Er war schließlich der Pilot. Niemand kannte das Schiff so wie er.

Die Chinesin schüttelte den Kopf. »Wir haben keine aktive Ortung wie Radar oder so, und Licht gibt's hier auch nicht.«

»Infrarot?«

»Keine Chance, Paul. Und auf den Funkkanälen herrscht auch nichts als kosmisches Rauschen.«

Xiaomeng war die Einzige an Bord, die ihn ab und zu Paul nannte. Alle anderen sagten Kepler.

Eine Weile sagte niemand etwas. Kepler gefiel der Gedanke, der sich allmählich in seinem Kopf festsetzte, überhaupt nicht. Er war ungeheuerlich.

»Diese Begegnung«, sagte er, »kann kein Zufall sein. Sie müssen uns hier erwartet haben.«

»Und wenn sie uns hier erwartet haben«, setzte Doc Mutagamba den Gedanken flüsternd fort, »müssen sie gewusst haben, wann wir kommen. Das haben sie sicher nicht in den Sternen gelesen.«

Der Afrikaner lachte tonlos.

»Genau. Sie beobachten uns schon lange.«

Damit war alles gesagt.

Der Kommandant schickte die Crew an die Arbeit. Bis die »Kundschafter« den Einsprungpunkt erreichte, gab es noch viel zu tun. Die letzten wissenschaftlichen Experimente mussten beendet und die Checkroutinen eingeleitet werden. Das hatten sie alles jahrelang bis zur Erschöpfung geübt. Da würde nichts schiefgehen.

Astronaut Kepler blickte durch das Cockpitfenster in den dunklen Weltraum. Vor ihnen wies ein heller Lichtpunkt wie ein Leuchtfeuer den Weg nach Hause. Es hätte ihn nicht gewundert, wenn er plötzlich verschwunden wäre. Aber nichts hinderte das Licht der Sonne daran, sein Auge zu treffen. Die gleichen Photonen, fiel ihm ein, hatte er schon einmal gesehen, am Anfang ihrer Reise. Er hatte sie überholt und flog ihnen jetzt entgegen.

Wenn sie nach Hause zurückkamen, würde eine neue Zeit anbrechen, denn sie waren nicht mehr allein. Sie waren auf eine Spur gestoßen und, dessen war Kepler sich sicher, mit der den Menschen eigenen Hartnäckigkeit würden sie sie bis ans Ende verfolgen.

Prima Volta

Nach 6472 Umkreisungen der Erde, in denen seine Hauptaufgabe darin bestanden hatte, jedes Mal auf einen kleinen, quadratischen, roten Knopf zu drücken, wenn die Umrisse von Florida am Horizont auftauchten, hatte Paolo Woytila Volta, genannt Pewe, die Schnauze voll und drückte zur Abwechslung auf den runden Knopf daneben, vor dem ihm alle gewarnt hatten. Die »Virgine Maria« machten einen Satz, schrammte am Mond vorbei und raste ungefähr in Richtung Antares davon.

»He, was tust du da?«, empörten sich die 17 Lautsprecher, die in den Wänden der kleinen Steuerzentrale verborgen waren.

Pewe grinste hämisch und streckte die Zunge dorthin aus, wo er die Umrisse Floridas vermutete.

»Ich kuck mir mal die Gegend an.«

Das, fand er, war eine ausreichende Erklärung; eine bessere wäre ihm ohnehin nicht eingefallen. Er malte sich aus, was in der Kontrollstation los war, und fühlte sich gut dabei. Wenn er gewusst hätte, was dort wirklich los war, hätte er sich saugut gefühlt.

Er schaltete das Funkgerät ab und machte sich einen Kaffee. Darauf hatte er 6472 Erdumkreisungen lang warten müssen. Es war einfach unmöglich, dass jemand bei Schwerelosigkeit einen ordentlichen Kaffee hinkriegte, jedenfalls nicht mit dieser Kaffeemaschine.

Nach dem ersten Versuch hatte Pewe tagelang damit zu tun gehabt, die überall in der »Virgine Maria« herumfliegenden Kaffeetropfen einzufangen, wenn er nicht gerade auf den kleinen, quadratischen, roten Knopf drückte. Als er alle Tropfen zusammen hatte, war der Kaffee längst kalt.

Später lag Pewe in seiner Hängematte. Weil er schon längere Zeit nicht auf den kleinen, quadratischen, roten Knopf gedrückt hatte, wurde ihm allmählich bewusst, dass er etwas unternehmen musste, damit ihm nicht vor lauter Langeweile die Decke auf den Kopf fiel. Einen Moment lang überlegte er ernsthaft, umzukehren oder zumindest wieder auf den kleinen, quadratischen, roten Knopf zu drücken. Aber welchen Sinne hatte das, wenn er die Umrisse von Florida nicht sah? Dabei wurde ihm klar, dass er auch keine Ahnung gehabt hatte, welchen Sinn es hatte, auf den kleinen, quadratischen, roten Knopf zu drücken, als er die Umrisse von Florida noch gesehen hatte. Er schwang sich aus der Hängematte und pappte ein Stück altes Klebeband, das ungefähr so aussah wie Florida, über den kleinen, quadratischen, roten Knopf.

Um sieben kam er am Mars vorbei. Weil er noch nie dort gewesen war, hielt er es für einen guten Gedanken, die »Virgine Maria« bei Phobos oder Daimos zu parken und einen Ausflug hinunter zu machen. Aber der Planet war im Moment wegen Umdekoration geschlossen. Wahrscheinlich war den Marsianern, deren Vorfahren sich in grauer Vorzeit mitsamt dem Kontinent Atlantis von der Erde verdrückt hatten, weil sie der ewige Regen nervte und sie einfach mal ein trockenes Plätzchen brauchten, das Rot nach all den Jahrmillionen auf den Keks gegangen. Zwischendurch hatten sie versucht, mit ein paar Kanälen für etwas Abwechslung zu sorgen, aber das hatte bloß ein paar Astronomen auf der Erde vom Hocker gerissen. Also gaben sie es bald wieder auf.

Zufällig war auf dem Mars gerade Sonntag (der dort natürlich einen anderen Namen hatte, einen von der Sorte, die einem gerade nicht einfallen, wenn man sie braucht), und alle marsianischen Dekorateure hockten mit ihren Söhnen vor der Glotze, um die Aufzeichnung der Sportschau nicht zu verpassen. Deshalb bekam niemand mit, wie die »Virgine Maria« gerade am Planeten vorbeiraste, was schade war, weil Pewe der einzige im Umkreis von ein paar Millionen Kilometern war, den die Marsianer fragen konnten, wie das Finale von Wimbledon ausgegangen war. Ausgerechnet an diesem Sonntag (der dort, wie gesagt, natürlich einen anderen Namen hatte), verschlampte ein Techniker in der Sendezentrale den Stick mit der Aufzeichnung, die die Marsmenschen sich für einen Haufen Geld von der Erde rüberfunken ließen, und statt der Sportschau zeigte Mars-TV einen ziemlich scharfen Film über das Schneetreiben am Mars-Nordpol.

Das Finale von Wimbledon wurde beim Stand von 1:1 im ersten Satz abgebrochen, weil ein kleiner Meteorit ein hässliches Loch in den Boden des Center Court gerissen hatte. Es wird am kommenden Sonntag fortgesetzt. Nebenbei bemerkt war der Meteorit überhaupt kein Meteorit, sondern das, was von einer Ladung Abfall übriggeblieben war, die ein wahnsinnig schnittiges und – zumindest aus der Perspektive eines irdischen Radars – wahnsinnig unsichtbares Raumschiff, das gerade in der Gegend war, über Bord geworfen hatte, obwohl es verboten war, Müll in der Nähe von bewohnten Planeten abzuwerfen. Aber erstens wusste das vermutlich glubschäugige Monster, das für die Sauberkeit an Bord verantwortlich war, nicht, dass in dieser Gegend der Milchstraße überhaupt etwas bewohnbar war, und zweitens fühlte es einen unwiderstehlichen Drang, auf den kleinen, quadratischen, roten Knopf zu drücken, der die Außenluke des Abfallvernichters öffnete, als die Umrisse einer bestimmten Halbinsel auf dem vorbeiziehenden Planeten in seinem Blickfeld erschienen. Drittens war das Monster nicht glubschäugig, sondern sah aus wie jemand, von dem Marilyn Monroe die Wachsfigur bei Madame Tusseau's hätte sein können. Also ziemlich scharf.

*

Die Wahrscheinlichkeit, dass ein unwahrscheinlich schnittiges usw. Raumschiff der Liebreizenden Schwestern vom Planeten M'p und ein irdisches Vehikel von der Art der »Virgine Maria« – nur die großspurigen Bewohner der Erde hatten die Dreistigkeit, von einem Raumschiff zu sprechen – gleichzeitig durch ein Kubiklichtjahr Weltraum gondelten, war so gering, dass selbst der beste Taschenrechner den Job quittiert hätte. Der Weltraum war groß und leer. So groß und leer, dass man in der Theorie keine Angst haben musste, seine Tante Mimmi oder den Hauswirt, der seit Monaten auf die Miete wartete, an der nächsten Ecke zu treffen.

Pewe fühlte sich hier draußen am Rand des Asteroidengürtels sicher vor derartigen Begegnungen, die ihm den ganzen Tag versaut hätten. Aber Mathematik war noch nie seine Stärke gewesen, und offenbar nahm sie es ihm übel. Als er schwungvoll um den nächsten Asteroiden, einen Felsbrocken von der Größe des Petersdoms in Rom, kurvte, schlug die beleidigte Mathematik die Wahrscheinlichkeitsrechnung k.o. Es gab einen furchtbaren Knall, als die »Virgine Maria« gegen das Raumschiff der Liebreizenden Schwestern von M'p schepperte und eine hässliche Beule in die makellos weiße Außenhaut schlug. Pewe wurde aus der Hängematte geschleudert und landete unsanft auf dem Boden. Seine Beule brauchte sich auch nicht zu verstecken.

»Ach du Scheiße!« Pewe rappelte sich auf und glotzte aus dem Fenster, das bisher zu wenig anderem nütze gewesen war, als ihm die Umrisse von Florida zu zeigen. Was er sah, war so banal, dass er es nicht glauben wollte. Er sah er nichts weiter als eine makellos weiße Wand. Weiße Wände waren nicht unbedingt das, worauf man in dieser Gegend zu stoßen erwartete. Er hatte zwar keine Ahnung, was einem hier so in die Flugbahn geraten konnte, aber bei weißen Wänden hatte er wenig Zweifel.

Nach erstaunlich kurzer Zeit hatte er seinen Verstand wieder so weit zusammen, dass er nachdenken konnte. Das war ihm nicht gänzlich unbekannt, gehörte jedoch zu der Sorte von Tätigkeiten, die er gerne auf den nächsten Tag verschob. In diesem Fall, fand er, war das wohl nicht angebracht. Tja? Zuerst sollte er vermutlich herausbekommen, was passiert war. Er konnte sich kaum mit der Feststellung zufrieden geben, dass er mitten im Asteroidengürtel gegen eine weiße Wand gedonnert war, und einfach weiterfliegen. Aber warum nicht? Er hatte sogar das Gefühl, dass es genau das war, was er tun sollte, falls ihm irgendetwas daran lag, jemals die Umrisse von Florida wiederzusehen. Pewe wusste, dass es bessere Gründe als diesen gab, nur kam er gerade auf keinen und fand ihn deshalb annehmbar.

Entscheidend für Pewes weiteres Schicksal war, dass es gar nicht darauf ankam, was er zu tun oder nicht zu tun gedachte. Raumschiffe wie das der Liebreizenden Schwestern von M'p konnten es überhaupt nicht leiden, wenn jemand ihre makellose weiße Außenhaut zerbeulte. Schon beim kleinsten Kratzer wurden sie fuchsteufelswild und ballerten wütend um sich. Es war ein Glück für Pewe, dass sich die »Virgine Maria« aus Sicht der Bordgeschütze in sämtlichen toten Winkeln des Universums befand und deshalb von dem ganzen Feuerwerk nichts abbekam. Ringsherum wurde eine stattliche Anzahl von Asteroiden pulverisiert, aber das war's auch schon. Als das Raumschiff sich abreagiert hatte und wieder einigermaßen bei Vernunft war, erstattete es Bericht.

So'n dämlicher Sonntagsfahrer hat mich gerammt, brummte es.

Oh! Schlimm? fragte die Zwillingsschwester von dem Marilyn-Original, die sich gerade die Wimpern ein wenig nachziehen wollte.

Nur ne kleine Beule, nichts Ernstes, antwortete das Raumschiff.

Die Zwillingsschwester seufzte. Ihre Versicherung würde bestimmt wollen, dass sie sich um den Schaden kümmerten. Sie drückte bedächtig auf einen kleinen, quadratischen, roten Knopf.

In der Wand des Raumschiffs entstand eine Öffnung und verschluckte die »Virgine Maria«.

*

Das Universum wimmelte von Leben. Auf jedem halbwegs brauchbaren Planeten, und davon gab es mehr als genug, krabbelte, kreuchte und fleuchte es, dass einem richtig schwindelig werden konnte nur vom Zusehen. Noch in der hinterletzten Ecke räkelte sich irgendein merkwürdiges Bakterium im Schlamm, blinzelte in die Sonne und fand das Leben wunderbar, auch ohne Mikrowellenherd, Kreditkarte und Porsche 911. Nur auf der Erde hatte man das noch nicht so richtig mitbekommen, und alle, die weder Porsche noch Kreditkarte oder nicht einmal einen Mikrowellenherd besaßen, fanden das Leben wirklich ungeheuer öd und fad und so ziemlich das Langweiligste, was einem gerade passieren konnte. Die, die Mikrowellenherd und Kreditkarte ihr eigen nannten und einen Porsche in der Garage stehen hatten, fanden das nach einer Weile auch nicht mehr besonders interessant, und deshalb hatte die Menschheit alle Chancen, als die größte jemals auf einem Planeten versammelte Horde von Miesepetern in die Geschichte der Milchstraße einzugehen. Was sie noch einigermaßen bei Laune hielt, war die feste Überzeugung, die einzige intelligente Spezies in einem todlangweiligen Universum zu sein. Bisher war noch niemand vorbei gekommen, um ihnen zu widersprechen.

Das Raumschiff der Liebreizenden Schwestern von M'p drehte der »Virgine Maria« den Saft ab. Sämtliche Lichter gingen aus, und Pewe saß im Dunkeln. Draußen, wo immer das sein mochte, war es genauso dunkel. Die weiße Wand war verschwunden. Pewe fand nicht, dass das wirklich eine gute Nachricht war. Eine innere Stimme riet ihm, sich Gedanken darüber zu machen, ob es nicht Zeit wäre, in Panik zu geraten. Eine andere innere Stimme riet ihm, nicht auf seine innere Stimme zu hören und stattdessen etwas Nützliches zu machen. Damit war Pewes Vorrat an inneren Stimmen aufgebraucht, und es war niemand mehr da, der ihm sagen konnte, was in seiner Lage nützlich war. Langsam kam Panik in ihm hoch. Aus einem reichlich unerfindlichen Grund, der vielleicht damit zu tun hatte, dass er den Kopf verlor, machte Pewe einen Satz nach vorn, stolperte über irgendetwas, das er in der Dunkelheit nicht sehen konnte, und schlug mit dem Kopf gegen etwas, das er in der Dunkelheit nicht sehen konnte. Seine Besinnung machte rechtzeitig einen Ausfallschritt und ließ ihn für eine Weile allein.

Das Marilyn-Original und ihre Zwillingsschwester hatten einige Mühe, Pewe aus der »Virgine Maria« zu ziehen und in bewohnbare Gegenden ihres Raumschiffes zu bringen. Mit Männern hatten sie keine Erfahrung. Zuerst versuchten sie, ihn auf seine Beine zu stellen, aber er sackte einfach zusammen. Sie fragten das Raumschiff um Rat, aber in der Beziehung war es mindestens genauso ahnungslos wie die beiden Liebreizenden Schwestern. Nach einigem Hin und Her, Diskussionen und Streitereien, bei denen außer ihrem eigentlichen Problem die Qualität des letzten Frühstücks, die Vorzüge des quarenischen Erbschaftssteuersystems und die Unheilbarkeit des Schluckaufs zur Sprache kamen, schnappten sich die beiden Schwestern jeweils einen Fuß von Pewe und zogen ihn quer durch das Raumschiff in ihr Schlafzimmer.

Als Pewe wieder zur Besinnung kam, genauer gesagt, als die Besinnung, die sich bei ihrem Spaziergang durch das Raumschiff ganz schön in dem Labyrinth von Gängen, Zimmern und Aufzügen verfranzt hatte, zufällig auf Pewe stieß, lag er in einem wahnsinnig kuscheligen Bett und fragte sich, an welche Party und ihre Folgen er keine Erinnerung mehr hatte. Aber die Erinnerung kam wieder, und erschrocken musste Pewe feststellen, dass die letzte Party, die er besucht hatte, ganz anders geendet hatte und schon mindestens ein halbes Jahr zurücklag. Wenn er sich alles, was er für die Erinnerung der letzten Tage hielt, zusammenkramte, müsste er an Bord der »Virgine Maria« und im Asteroidengürtel sein. Das war er offensichtlich nicht. Bisher hatte er immer angenommen, in dieser Gegend flögen mehr oder weniger große Felsbrocken herum und keine Schlafzimmer. Es war wirklich ein gemütliches, kleines Schlafzimmer mit zwei Betten, zwei zierlichen Nachttischen und einem unheimlich großen Schminktisch, auf dem allerhand Töpfchen, Fläschchen und Tübchen standen. Der Duft von unbekannten Essenzen lag in der Luft. Er hätte gerne die Bewohner kennengelernt.

Die hatten aber gerade etwas Besseres zu tun und überließen es dem Raumschiff, sich um Pewe zu kümmern.

Ich sehe, du bist wach, sagte es.

Pewe erschrak fürchterlich und versteckte sich unter der Decke. Für den Mann von der Erde hörte es sich an, als versuche ein Chor heiserer Don-Kosaken, eine Herde Elefanten nachzuahmen. Das Raumschiff hielt Pewes Verhalten für ein Begrüßungsritual und verkroch sich ebenfalls unter der Decke. Es wurde eng. Pewe ließ sich aus dem Bett fallen und saß zähneklappernd auf dem Boden.

Der Don-Kosaken-Chor hustete, und die Elefanten stürmten unter der Decke hervor und verteilten sich im Zimmer.

»Hilfe!«

Der Don-Kosaken-Chor summte, und alle Elefanten scharrten gleichzeitig mit dem rechten Vorderfuß.

»Haut ab!«

Die Elefanten schlackerten mit den Ohren.

»Was wollt ihr von mir?«

Klick. Klick. Klick. Die Elefanten trippelten auf Zehenspitzen davon.

»Vorteil«, sang der Chor der Don Kosaken.

Pewe blinzelte. »Was ist?«

»Ich sagte: Vorteil«, antwortete das Raumschiff.

»Das hab ich gehört. Aber was bedeutet das?«

»War nur ein Test. Ich habe ihn bestanden.«

Pewe kam sich mittlerweile saublöd auf dem Fußboden vor und stand auf. Er rückte seinen Raumanzug zurecht. Er hatte zwar keine Ahnung, was los war, aber unterm Strich betrachtet war es im Moment in Ordnung.

Eine Frage brannte ihm auf der Zunge: »Wo bin ich?«

»Ich bin das Raumschiff der Liebreizenden Schwestern von M'p«, erwiderte das Raumschiff der Liebreizenden Schwestern von M'p.

»Du bist was?«

»Das Raumschiff der Liebreizenden Schwestern von M'p.«

»Äh?«

Pewe klappte den Mund auf und zu und hatte allerhand mit einem dicken Kloß im Hals zu tun, der vorher noch nicht da gewesen war. Es gab absolut keinen Zweifel, dass dies ein außerirdisches Raumschiff war, auch wenn es überhaupt nicht danach aussah. Es war absurd, sich einzureden, dass jemand ein Schlafzimmer zwischen den Asteroiden herumfliegen lassen würde, in der Hoffnung, es käme einer wie er vorbei, dem man vorgaukeln könnte, es sei ein außerirdisches Raumschiff, in dem es aussah wie in einem Schlafzimmer. Eine ganze Horde wilder Gedanken jagte durch seinen Kopf und suchte vergeblich den Ausgang. Seine Hände begannen zu zittern, ihm wurde kalt und heiß gleichzeitig, seine Knie wurden weich, seine Augenlider flackerten, und langsam fing das Zimmer an, sich um ihn zu drehen. Unter ihm öffnete sich ein Abgrund, der aussah, als sei es höchst unangenehm hineinzufallen. So unangenehm, dass er beschloss, es lieber bleiben zu lassen. Pewe holte tief Luft, hielt den Atem für einen Moment an, atmete langsam aus. Er schloss die Augen, zählte bis zehn und machte sie wieder auf. Das ganze dreimal, dann hatte sich der Abgrund wieder in einen harmlosen Fußboden verwandelt, der einen soliden Eindruck machte. Das Zimmer schwankte noch ein bisschen, als hätte es vor, im nächsten Augenblick wieder loszukreisen, aber es passierte nichts.

Es war wirklich nicht seine Sache, gleich nach dem Frühstück mit so welterschütternden Dingen bekannt gemacht zu werden wie mit einem außerirdischen Raumschiff. Solchen Begegnungen war er allenfalls abends gewachsen und nach dem dritten oder vierten Bier. Es war so unangenehm, dass Pewe beschloss, dass ihm das nicht noch einmal passierte. Aber jetzt, da es nun schon einmal passiert war, schien es ihm das Beste zu sein, sich nicht weiter darüber aufzuregen und die Unterhaltung mit dem Raumschiff zwanglos fortzusetzen.

Vor einiger Zeit hatte er ein Buch gelesen über Leute, die behaupteten, von Außerirdischen entführt worden zu sein. Er fragte das Raumschiff danach.

»Wozu sollte das gut sein?«, erwiderte das Raumschiff hörbar irritiert.

»Na ja, Forscherdrang oder so«, meinte Pewe.

»Kann ich mir nicht vorstellen.« Das Raumschiff zuckte mit den Schultern, was wirklich merkwürdig aussah – ohne Schultern.

»Und was ist mit mir?«

»Oh, das ist nur wegen der Versicherung.«

Pewe hätte nicht geglaubt, dass der Grad seiner Verblüffung noch in der Lage war, sich zu steigern. Aber er schaffte es mühelos.

In dem folgenden Gespräch, das man sich so ähnlich ungefähr nach jedem popeligen Auffahrunfall auf jeder x-beliebigen Straßenkreuzung in Florida und anderswo anhören kann, was man wirklich tun sollte, wenn man sich nicht so genau dran erinnert, weil es jetzt nicht weiter erwähnt wird, lernte Pewe eins: Die gefährlichsten, hinterhältigsten, fiesesten, nachtragendsten, nervendsten, aufdringlichsten, unverschämtesten, betrügerischten, heuchlerischten, schleimigsten, skrupelosesten und am schlechtesten angezogenen Kreaturen, die seit dem Urknall im gesamten Universum »Guten Tag!« gesagt hatten, waren die Versicherungsvertreter.

Pewe und das Raumschiff, das kein übler Kerl war und das Rumgeballere von vorhin längst bereut hatte, weil es Pewe für keinen üblen Kerl hielt, einigten sich darauf, den kleinen Unfall einem nichtsahnend durch das All fliegenden Asteroiden in die Schuhe zu schieben.

»Dann kann ich ja jetzt gehen«, sagte Pewe schließlich. Es war nicht seine Art, andere Leute mehr als erforderlich aufzuhalten, auch wenn die anderen Leute in diesem Fall ein Raumschiff waren.

Das Raumschiff summte und klickte eine Weile vor sich hin.

»Falls du gerade nichts besonderes vorhast«, sagte es umständlich, »würden sich die Liebreizenden Schwestern von M'p freuen, deine Bekanntschaft zu machen.«

*

Die Begegnung mit den beiden Liebreizenden Schwestern von M'p verlief anders, als es Pewe sich vorgestellt hatte. Sie fand in einem kleinen, abgedunkelten Raum statt, der nichts enthielt als einen Griff, der an der Tür befestigt war, durch die er hineingeführt worden war. Fraglos ist es so, dass derartige Begegnungen immer anders ausgehen, als man es sich ausmalt, und wenn nur deshalb, damit sie nicht sind, wie man sie sich vorstellt. Pewe hatte nicht gerade erwartet, schleimigen, glubschäugigen, sechszehnarmigen Monstern mit grüner Haut und sabbernden Mäulern gegenüberzustehen, weil die viel zu beschäftigt damit waren, kleine Mädchen in drittklassigen Fernsehserien zu erschrecken.

Aber irgendwie außerirdisch, ein kleines bisschen grün, ein kleines bisschen glubschäugig, ein kleines bisschen sechszehnarmig hätten sie ruhig aussehen können. Tatsächlich sahen die Liebreizenden Schwestern von M'p jedoch eher so aus wie die etwas größeren Mädchen, die in den Fernsehserien ständig von sabbernden und geifernden Weltraum-Monstern verschleppt wurden, die wer weiß was mit ihnen anstellten, bis sie endlich Buck Rogers in die Arme sanken. Das haute Pewe von den Socken.

»Willkommen«, sagte die Linke der beiden Liebreizenden Schwestern von M'p. Das heißt, tatsächlich hatte sie ein Wort in ihrer Sprache gesagt, das sich auf dem Weg zu seinem Ohr auf eine Art und Weise, die Pewe sehr verblüffend und sehr praktisch fand, erst in einen Schmetterling und anschließend in das Wort »willkommen« verwandelt hatte.

»Oh, ich freue mich, Sie kennenzulernen.« Ein Stück Holz torkelte durch die Luft und löste sich auf, bevor es feststellen konnte, dass es hier so etwas wie Schwerkraft gab, und auf den Boden polterte.

Die Liebreizenden Schwestern von M'p lächelten liebreizend und strahlten in vollendeter, makelloser Schönheit. Sie waren die vollkommensten Zwillinge, die Pewe jemals gesehen hatte. Jede war das perfekte Ebenbild der anderen.

Erneut flatterten Schmetterlinge durch den Raum: »Sie kommen von einem Planeten hier in der Nähe, nicht wahr?«

Pewe produzierte einen Stapel Holz, um den ihn jeder Kaminbesitzer, der fluchend seinen ganzen Wintervorrat kleinhackte, beneidet hätte. Fasziniert beobachtete er die Scheite, die im Rhythmus seiner Erzählung aus dem Nichts erschienen und nach wenigen Augenblicken wieder dorthin verschwanden. Die Liebreizenden Schwestern hörten sich aufmerksam und schweigend an, was er über sein Leben und die Gründe, warum er hier war, zu berichten hatte. Nur als er die Sache mit den Umrissen von Florida und dem kleinen, quadratischen, roten Knopf erwähnte, ließ die rechte einen kleinen Schmetterling durch den hölzernen Mahlstrom flattern, der sich als verschämtes »Oh, der Müll!« entpuppte, womit sie sich einen Doppelpack irritierter Blicke einhandelte.

»Wir sind gerade auf dem Weg zu einer Party«, erwiderte ein schillernder Falter, als Pewe mit einem Gefühl der Erleichterung geendet hatte.

»?«

Sprachlos sah Pewe die beiden Frauen an. Es war nicht zu fassen. Er erlebte die größte Sensation in der Menschheitsgeschichte, und es ging nur um eine Party.

»Muss ja ne ziemlich edle Party sein, so wie Sie da aufkreuzen«, sagte er mit einem Anflug von Sarkasmus und zupfte an seinem Raumanzug. Die Frauen trugen enganliegende, tief ausgeschnittene Kleider aus einem Wellen werfenden, schimmernden Stoff, der leicht im Rhythmus ihrer graziösen Bewegungen schwang. Sie umflossen ihre Körper wie flüssiges Gold und machten es Pewe fast unmöglich, sich nicht vorzustellen, was unter dem schimmernden Stoff verborgen sein musste.

»Wir verstehen nicht.«

»Ich bewunderte Ihre Kleider«, antwortete er.

»Oh ja, sie sind sehr bequem, bei der Arbeit.« Die linke Schwester ließ bunte Schmetterlinge durch die Luft gleiten.

Pewe hatte das Gefühl, dass die Wirklichkeit eine Stück beiseite trat, als habe sie heute schon genug für ihn getan und müsse nun woanders nach dem Rechten schauen.

»Ist das wirklich das Innere einer Fliegenden Unterta... äh, eines Raumschiffs?« Es war ein sehr stümperhafter Versuch, auf den Boden der Tatsachen zurückzukehren.

»Ja, sicherlich. Wir haben es erst letzte Woche von der Werft geholt. Gefällt es Ihnen?«

»Ich habe noch nicht viel davon gesehen. Es ist... ungewöhnlich.« Das war reichlich untertrieben.

»Na ja, es ist nichts Besonderes. Wir machen gerade eine Probefahrt. Sie können sich gerne ein wenig umsehen. Bei Ihnen kennt man so etwas wohl nicht.«

Das traf den Nagel heftig auf den Kopf. Die »Virgine Maria« war dagegen bloß ein besserer Feuerwerkskörper. Ob die Liebreizenden Schwestern so dachten, mochte der Himmel wissen. Sie schienen an der ganzen Situation nichts ungewöhnlich zu finden, als würden sie ständig irgendwelche Leute zum Kaffeeklatsch aus dem Weltraum fischen.

»Nein, wir sind etwas ab vom Schuss. Ehrlich gesagt, wir hatten bisher keine Ahnung, dass es außer uns noch andere Lebewesen im Weltraum gibt.« Er musste sie wahrscheinlich mit der Nase darauf stoßen.

»Oh, wirklich? Da haben wir Sie wohl ein wenig überrumpelt. Ist das etwa eine weiße Zone hier, Raumschiff?«

Klick. Klick. Der Chor der Don-Kosaken brummelte ein wenig und verscheuchte die Schmetterlinge.

Über diesen Sektor liegen keine Angaben vor. Er ist offenbar bei der letzten Teilinventur vor 30 000 Jahren nicht berücksichtigt worden. Ich habe einen Kurzbericht zusammengestellt. Soll ich vortragen?

Nein, danke. Die linke Schwester winkte ab und wandte sich Pewe zu. »Wir werden die Daten bei der nächsten Gelegenheit an die zuständigen Behörden weiterleiten. Man wird sicherlich bald eine Kommission zu Ihnen schicken.«

»Was für eine Kommission? Wer? Warum? Wieso? Ich verstehe kein Wort.«

»Nun, ich kenne die Einzelheiten nicht«, erwiderte die linke Schwester, »aber es sind immer einige Formalitäten zu erledigen, bevor mit Ihrer Welt... Wie heißt sie?«

»Erde.«

»Bevor für Erde der Status der weißen Zone aufgehoben wird.«

Es war völlig absurd. Pewe glotzte verständnislos auf die wallenden Kleider der Liebreizenden Schwestern, das Flattern der Schmetterlinge und jeden beliebigen Punkt in zwei Meter Umkreis, der sich nicht verstecken konnte, und hatte absolut keine Ahnung, was hier passierte. Etwas ging vor, was sein Gehirn nicht mehr sinnvoll verarbeiten konnte. Ein Filter lag vor der Welt, der irgendwelche Informationen blockierte, so dass alles, was er hörte, sah, roch und spürte, unvollständig war wie ein gestörter Funkspruch, der nur noch fetzenweise aus dem Empfänger kam und bedeutungslos geworden war. Das letzte Mal hatte Pewe sich so gefühlt, als er seinen Pass verlängern lassen wollte.

Die Schmetterlinge tanzten vor seinen Augen und bildeten nur noch wirre Muster, die sich ständig auflösten, nur um sich wieder zu neuen und ebenso wirren Formen zusammenzufinden. Es gab nichts, das seinen überforderten Sinnen Halt zu geben vermochte. Die Wirbel und Schlieren dehnten sich aus, zogen sich zusammen, explodierten und kollabierten in einem ständig wechselnden Rhythmus. Manchmal bildeten sich für Sekundenbruchteile vertraute Formen, Wörter wie »Handelsabkommen« und »Technologietransfer« tauchten auf. Einmal erwischte er ein simples »und«, das sich nicht schnell genug davon gemacht hatte, aber im Großen und Ganzen hörte er nicht mehr als ein Stakkato verstümmelter Silben, so unverständlich wie die rückwärts abgespielte chinesische Version des Gesetzes zur Gewährleistung von Belegungsrechten im kommunalen und genossenschaftlichen Wohnungswesen.

Das haute ihn um. Buchstäblich.

Der Erdling scheint eine schwache Konstitution zu haben. Wir können ihn unmöglich einfach in seinem Raumschiff zurücklassen. Womöglich gibt es ein Unglück, stellte das Marilyn-Original fest.

Gut, nehmen wir ihn mit. Wir können ihn später zu Hause abliefern, erwiderte ihre Zwillingsschwester.

*

Das Raumschiff der Liebreizenden Schwestern von M'p raste durch den Hyperraum. Das Raumschiff hatte es Pewe erklärt, als er wieder zu sich gekommen war. Der Hyperraum war eine verdammt praktische Sache, wenn man gerade was auf der anderen Seite der Milchstraße zu erledigen hatte, auch wenn es knifflig war, in ihn hineinzukommen. Dort ließ man Herrn Einstein einen guten Mann sein. Niemand kümmerte sich um seine Behauptung, nichts könne sich schneller als das Licht bewegen. Alles war schneller als das Licht, und zwar erheblich. Wenn es ihn nicht schon gäbe, müsste man den Hyperraum glatt erfinden.

Pewe konnte nicht schlafen. Es war ein merkwürdiges Gefühl, in einem Bett zu liegen, das mit einer irrsinnigen Geschwindigkeit durch den Hyperraum raste. Dieses merkwürdige Gefühl war wie eine hundsgewöhnliche Übelkeit von der Sorte, die wenig Bedenken hat, die Reste der Pizza vom letzten Mittagessen auf den Boden zu schleudern. Pewe wurde schlecht, sobald er lag.

Also vertrödelte er die Zeit im Sitzen oder streifte durch das Raumschiff. Es war im Vergleich zu dem, was er bisher an Raumschiffen kennengelernt hatte, riesig. Es gab Dutzende von Türen mit Räumen dahinter und eine verwirrende Anzahl von Gängen, Treppen und Aufzügen. Aber die meisten Räumen waren entweder verschlossen oder leer oder enthielten Maschinen, die hauptsächlich mit Brummen und Summen beschäftigt waren und keine Neigung zeigten, ihm etwas über die Art ihrer Tätigkeiten mitzuteilen. Das Raumschiff hatte ihn mit dem lapidaren Hinweis, es sei schon spät und es wolle schlafen, auf morgen vertröstet und eine gute Nacht gewünscht.

Pewe trottete frustriert durch die Gänge. Er wusste nicht, ob er sauer sein sollte, weil sich niemand um ihn kümmerte und keiner es für nötig hielt, ihn zu fragen, ob er mit all dem, was mit ihm passierte, einverstanden war. Er hatte, als er an diesem Morgen aufgewacht war, nichts weiter vorgehabt, als sich einen Kaffee und einen schönen Tag zu machen. Von diesen zwei wirklich bescheidenen Vorhaben war ihm nur das erste gelungen. Was den Rest anging, war es wohl eine Frage der großzügigen Auslegung, was ein schöner Tag sein konnte. Unbestreitbar war es ein ungewöhnlicher und aufregender Tag gewesen, der sich gebärdete, als wollte er morgen einfach weitermachen.

In einer Ecke des Raumschiffs, in der die Wände der Gänge nicht weniger kahl und silbergrau waren als alle anderen, durch die er gekommen war, entdeckte Pewe die »Virgine Maria«. Sie lag still und unscheinbar in einer großen Halle und kam sich vermutlich reichlich überflüssig vor. Sie war ein wenig zerkratzt und hatte am Bug eine kleine Delle, aber sonst schien sie in Ordnung zu sein. Pewe kletterte durch die offenstehende Luke hinein, schloss sie hinter sich, legte sich in die Hängematte und schlief ein.

Das Raumschiff der liebreizenden Schwestern von M'p war das perfekteste Raumschiff, das Pewe jemals unter die Augen gekommen war. Wozu, offen gesagt, nicht viel gehörte. Aber nichts im Universum war wirklich perfekt, immer wieder einmal sprang ein Elektron undiszipliniert aus seiner Bahn, klemmte ein Schalter oder verirrte sich ein Befehlsimpuls auf seinem Weg von A nach B. Manchmal blieb das Ergebnis solcher Irrtümer unsichtbar und ohne Folgen, manchmal warf es Planeten aus ihrer Bahn und manchmal öffneten sich ohne erkennbaren Grund Raumschiffluken. Hinterher wusste niemand, wie es dazu kommen konnte.

Als Pewe aufwachte, trudelte die »Virgine Maria« einsam und verlassen in der Unendlichkeit des Universums. Von den Liebreizenden Schwestern und ihrem Raumschiff war nichts zu sehen. Pewe sah hinaus in die sternenbesprenkelte Dunkelheit des Weltraums und wurde das Gefühl nicht los, dass er in einer Situation war, die ihn ziemlich fertig machen dürfte. Die Zahl und Lautstärke seiner Flüche erschütterte das Raum-Zeit-Gefüge, und aus der Dunkelheit tauchte ein leuchtender blauer Punkt auf, den das Navigationsteleskop an Bord der »Virgine Maria« für einen waschechten Stern hielt.

Paolo Woytila Volta, genannt Pewe, straffte sich, änderte den Kurs und gab Vollgas. Was aus ihm geworden ist, wird nie ein Mensch erfahren.

Annäherung

1. Nasa-Pressesaal

Die gespannte Aufmerksamkeit im Pressesaal der Nasa entlud sich in einen Tumult. Die Journalisten, die bisher mit mühsam zur Schau gestelltem Desinteresse den einleitenden Worten von Direktor Sam Goldberg gefolgt waren, sprangen von ihren Plätzen auf und riefen wild durcheinander. Die Fotografen stellten ihre Kameras auf Dauerfeuer, um keine Geste von ihm zu verpassen.

Goldberg sah sich das Durcheinander eine Zeit lang an. Es amüsierte ihn, weil er diese Reaktion erwartet hatte. Sobald man ihnen einen Brocken hinwarf, stürzten sie sich darauf, als gäbe es kein Morgen mehr.

Er stand auf, hob theatralisch die Arme, als wolle er die Meute segnen, und sagte: »Nun beruhigen Sie sich doch, meine Damen und Herren, und lassen Sie mich weitermachen. Anschließend beantworte ich Ihnen gerne alle Fragen, wenn das nötig sein sollte.«

Es dauerte eine Weile, bis Ruhe eingekehrt war und Goldberg sich wieder setzte.

»Also, wie ich schon sagte, hat das internationale Asteroidenabwehrprojekt ASUNDER heute Morgen einen kleinen Asteroiden oder Meteroiden mit Kollisionskurs auf die Erde entdeckt. Er trägt die Bezeichnung 2033 FB und wird um 15.33 Uhr Ortszeit, also in etwa zwei Stunden, in die Erdatmosphäre eindringen. Inzwischen sind zwei mit Atomsprengköpfen bestückte russische Abwehrraketen von Typ R-201 von einem der im Orbit stationierten Ochrana-Satelliten gestartet und werden 2033 FB in etwa 45 Minuten erreichen. Die Bomben werden automatisch gezündet, sobald ein voreingestellter Mindestabstand erreicht ist. Wir rechnen damit, dass die Wucht der Explosion groß genug sein wird, um den Asteroiden zu zerstören oder, wenn das nicht gelingt, aus seiner Bahn zu werfen.«

Für einen kurzen Moment sah der Nasa-Direktor von seinen Notizen auf und blickte in die Menge, die jetzt konzentriert zuhörte, um kein Wort, keine Nuance seiner Mitteilung zu verpassen.

»Der Asteroid 2033 FB ist für ASUNDER ein Glücksfall. Der Himmelskörper ist nur wenige Meter lang und würde ohnehin beim Eintritt in die Atmosphäre zerstört werden, so dass keine Gefahr für die Erde besteht. Er gibt uns aber die Möglichkeit, die Asteroidenabwehr in einem Ernstfall zu erproben, ohne dass ein Versagen ernsthafte Konsequenzen nach sich ziehen würde. Wir haben schließlich noch keine Erfahrung mit der Zündung von Atomsprengköpfen im All und ihrer Wirkung auf Himmelskörper wie 2033 FB.«

Goldberg lehnte sich zurück und warf schnell einen Blick auf die große Uhr, die an der gegenüberliegenden Stirnseite des Pressesaals hing. Es waren noch 42 Minuten bis zur Detonation.

Die Journalisten wurden wieder unruhig, bewahrten aber Disziplin. Dann schossen sie ihre Fragen ab.

2. Asteroid 2033 FB

Das Chaos der umhertreibenden Bits erstarrte für einen Moment, als der Impuls eintraf. Nach und nach entwickelten sich feine Strukturen, die immer größere Bereiche in eine neue Ordnung zwangen. Es entstand eine große Zahl voneinander abgegrenzter Cluster, die durch schmale Bahnen untereinander verbunden waren. Das Chaos verwandelte sich in eine komplexe Matrix, durch die sich zunächst wenige, bald aber eine schier unübersehbare Zahl von Impulsen ihre Wege bahnten.

Die Erinnerung setzte ein. Der Kundschafter ließ sich darin treiben und genoss das Gefühl. Was wäre ein Individuum ohne Erinnerung? Sein Leben zog in einem Wirbel von Bildern, Gerüchen und Geschmäckern vorbei, er rannte bis zur Erschöpfung den tanzenden Wolken von Luruk hinterher, spürte die sanfte Berührung seiner ersten Nestgefährtin, atmete den Duft der Zerrosen ein. Für einen winzigen Augenblick ließ er das Bedauern über den Verlust seines Körpers zu, den er zurückgelassen hatte, um diese Reise antreten zu können. Jetzt war er nur noch das digitale Backup seiner selbst, verwahrt in den Bits und Bytes eines Quantenspeichers, und hatte einen Auftrag zu erfüllen.

Es ging in die letzten Phase seiner Reise. Der Kundschafter öffnete sich seiner Umgebung. Das Ziel nahm bereits einen großen Teil seines Sichtfeldes ein. Der Planet schimmerte blau vor dem Schwarz des Weltraums. Das Schiff stellte einen gigantischen Ausstoß elektromagnetischer Wellen unterschiedlichster Frequenzen und Modulation fest. Im Orbit registrierten die empfindlichen Messgeräte viele künstliche Satelliten. Auch um den auffällig großen Trabanten kreiste einige.

Der Kundschafter durchforstete die Datenbanken mit den Aufzeichnungen, die das Schiff während des Flugs gemacht hatte. Der Vergleich mit den Werten zu Beginn der Reise zeigte einen deutlichen Anstieg. Die Planetarier hatten gehörige technische Fortschritte gemacht. Es war klug gewesen, Vorsicht walten zu lassen und sich zu tarnen.

Sein Schiff, versteckt in einem unförmigen Felsbrocken, trieb seit Dutzenden von Umläufen immer tiefer in das System der gelben Sonne hinein. Der Asteroid sollte bald in die Atmosphäre des blauen Planeten eindringen und das Schiff in einer kontrollierten Explosion freigeben. Er würde sich ein Versteck suchen und mit seinen Erkundigungen beginnen.

Der Annäherungsalarm kam überraschend. Der Kundschafter, der mit seinen Sinnen tief in den Archiven des Schiffs eingetaucht war, klinkte sich in den Datenstrom der Ortung ein. Die Signaturen wiesen auf zwei Projektile mit einem einfachen Raketenantrieb hin, die sich aus dem Orbit des dritten Planeten näherten. Ihr Vektor zielte genau auf den Asteroid. Ein Zusammenstoß war unvermeidbar.

Zwei Brüder

Ein Kurzhörspiel

Stimmen:
DER ÄLTERE
DER JÜNGERE

Man hört den Wind, das Plätschern von Wasser (das in geringer Entfernung gegen einen Deich schwappt), gelegentlich den Schrei von Möwen und Krähen.

DER JÜNGERE *(tief ein- und ausatmend)*
Der Spaziergang hat mir gut getan, das war eine gute Idee. Die frische Luft, den Wind, das Meer, die Weite – wie habe ich das in all den Jahren vermisst.

DER ÄLTERE
Du warst lange weg.

DER JÜNGERE
Ja, 20 Lichtjahre sind kein Pappenstiel. Da ist man einige Zeit unterwegs, auch wenn sie dabei viel schneller vergeht als hier unten.

DER ÄLTERE
Und wie war's da draußen?

DER JÜNGERE *(zögernd)*
Einsam, verdammt einsam.

Eine Zeitlang nur Wind, Wasser, Vögel.

DER JÜNGERE
Und wie ist es dir ergangen?

DER ÄLTERE
Ich bin seit zwei Monaten in Rente.

DER JÜNGERE
Echt? Da hast du jetzt aber ganz schön Vorsprung.

BEIDE *(lachen)*

DER ÄLTERE *(wieder ernst)*
Ein paar Jahre, nachdem du weggeflogen warst, habe ich geheiratet. Sylvie hast du schon kennengelernt. Unsere beiden Kinder und die Enkel kommen heute Abend. Sie sind ganz scharf darauf, ihren Onkel, den Weltraumfahrer, zu treffen.

DER JÜNGERE *(lacht)*
Hoffentlich enttäusche ich sie nicht. Was gibt es da groß zu erzählen? Ich habe nicht einmal ein paar Souvenirs dabei. Alles, was wir von Hellmanns Welt mitgebracht haben, ist auf der ISS 5 in Quarantäne. Ich glaube nicht, dass ich davon jemals etwas wiedersehe.

Kurzes Schweigen.

DER JÜNGERE
Schade, dass ich nicht zu Vaters Beerdigung kommen konnte.

DER ÄLTERE
Er hatte so darauf gehofft, dich noch einmal zu sehen, bevor er stirbt. Er war richtig stolz auf dich.

DER JÜNGERE
Oh! Aber warum habt ihr ihn dort draußen begraben? Wo jetzt das Meer ist?

DER ÄLTERE
Er wollte neben Mutti liegen, mit Blick auf die Kirche. Dabei war er gar nicht gläubig. Bis vor acht, neun Jahren war es dort noch trocken. Das Wasser kam erst später. Wir haben ganz schön kämpfen müssen, bis wir eine Sondergenehmigung bekamen. Vermutlich hat es nur geklappt, weil sein Sohn der berühmte Astronaut ist.

DER JÜNGERE
Da konnte ich doch noch etwas für ihn tun.

DER ÄLTERE
Sie haben uns nur eine Urnenbestattung erlaubt. Vielleicht hatten sie Angst, dass die Leiche aufschwimmt. Ich weiß nicht, was Vater dazu gesagt hätte. Bei extremem Niedrigwasser kann man hier vom Deich manchmal die Reste des Kirchturms sehen, es ist nicht weit. Ich komme jedes Mal hierher und denke an ihn.

DER JÜNGERE
Die Lage ist ernst, nicht wahr? Ich war erschrocken, als ich die ersten Bilder sah. Alles unter Wasser, das halbe Land verschwunden.

DER ÄLTERE

Ja, es sieht nicht gut aus. Als die großen Gletscher auf Grönland anfingen zu schmelzen, ging es schnell. Wir hatten geglaubt, dass wir noch Jahrzehnte Zeit hätten, aber das war ein Irrtum. Plötzlich stand uns das Wasser tatsächlich bis zum Hals. Zweimal musste die Deichlinie zurückgelegt werden Wer weiß, wie lange dieser hier uns noch schützt. Du siehst ja selbst, wie hoch das Wasser aufläuft.

DER JÜNGERE

Was ist mit all den Menschen passiert, die dort gelebt haben? Wo sind sie hingekommen?

DER ÄLTERE

Hier gab es schon viele Leerstände, und wir sind alle ein weniger enger zusammengerückt. Leichter ist es nicht geworden, das kann man sich vorstellen. Es ist alles teurer, und das, was man bekommt, ist von immer schlechter werdender Qualität.

Schweigen. Wind, Wellen, Vögel.

DER ÄLTERE

Hat es sich wenigstens gelohnt?

DER JÜNGERE

Die Reise? Die vielen Jahren fern von zu Hause? Es war faszinierend, der reine Wahnsinn. Man kann es gar nicht beschreiben, für dieses Gefühl gibt es keine Worte. Der Flug hat uns auch technisch weit vorangebracht. Ein Raumschiff bis in den relativistischen Bereich zu beschleunigen, das eröffnet ungeahnte Möglichkeiten. Aber wenn du meinst, ob wir da draußen eine Zukunft haben – nein, ich glaube nicht. Wir müssen unsere Probleme auf der Erde lösen. Hellmanns Welt ist nicht geeignet.

DER ÄLTERE
Hieß es nicht, ihr fliegt zu einer zweiten Erde?

DER JÜNGERE
Zweite Erde – das war eher PR als Wirklichkeit, um das nötige Kapital locker zu machen. Der Planet ist tatsächlich der erdähnlichste, den wir kennen. Aber aus der Nähe betrachtet eben doch ganz anders. Die Atmosphäre enthält wegen des starken Vulkanismus zu viel Schwefeldioxid und noch ein paar andere giftige Gase. Das war nicht erwartet worden. Außerdem ist das Magnetfeld viel schwächer als das der Erde, und der Planet bekommt einen Haufen Strahlung von seiner Sonne ab. Wir sind da nur in unseren Raumanzügen rausgegangen. Es wäre einfacher, auf den Mars umzuziehen und dort unter Kuppeln zu leben. Aber wer will das schon?

In der Ferne schlägt eine Kirchenglocke fünfmal.

DER ÄLTERE
Hörst du? Es ist fünf Uhr. Wir sollten runtergehen, gleich ist Bescherung. Es wird auch langsam frisch hier oben.

DER JÜNGERE
Du hast recht. Übrigens, frohe Weihnachten.

DER ÄLTERE *(feierlich)*
Frohe Weihnachten, großer Bruder.

Flash Fiction

Michael Collins macht ein Foto

Apollo 11

Abschrift des Bordsprechverkehrs (Auszug)
Aufgezeichnet vom Datenrekorder der Kommandoeinheit

streng geheim, nur für den internen Gebrauch

CDR Commander (Kommandant)
CMP Command module pilot (Pilot der Kommandoeinheit)
LMP Lunar module pilot (Pilot der Mondlandeeinheit)
MS Mehrere Sprecher
CC Capsule Communicator (Bodenstation)

02 12 25 30 CMP Das gibt's doch nicht.
02 12 25 45 CMP Gib mir die Kamera, Neil, schnell.
02 12 25 47 CDR Hier.
02 12 25 57 LMP Was war denn?
02 12 26 02 CMP Das ist etwas an uns vorbeigeflogen, ganz nah.
02 12 26 06 LMP Konntest du etwas erkennen?
02 12 26 10 CC Michael, können Sie das bitte wiederholen.

02 12 26 13 CMP Es ist etwas an der KE vorbeigeflogen.

02 12 26 17 CC Können Sie das spezifizieren?

02 12 26 20 CMP Ein Alien.

02 12 26 22 MS (Gelächter)

02 12 26 27 CMP Lacht nur. Ihr werdet es sehen, wenn wir den Film entwickelt haben.

02 12 26 32 CDR Bestimmt. Aber jetzt landen wir erst einmal auf dem Mond.

Wie bestellt

Der Zustellroboter klingelte an der Haustür des Kanzlerkandidaten. Als der Hausherr öffnete, hob die Maschine den Waffenarm und gab zwei Schüsse ab. Mehr waren nicht bestellt worden.

Unsichtbar

Die Zahl der Unsichtbaren nahm von Tag zu Tag zu. Man konnte sie jetzt überall sehen.

Alphabeta Centauri

Auf Beta Centauri dämmert es.
Fortwährend gärt's hier in jedem Kometen,
Leben mäandert nach oben,
pulsiert quirliger Raum,
Sterne trudeln – und vielleicht
wird x-mal Yucatan zerstört.

Katzenjammer

Der Quantendämon sitzt mit verschränkten Elektronen in der Ecke des Einsteinraums und streichelt Schrödingers Katze.

»Wo bist du gewesen?«, fragt er.

»Ich weiß es nicht genau«, antwortet die Katze. »Aber ich bin halb tot.«

Zwischenlandung

Das Raumschiff setzte auf dem Marktplatz auf. Die Menschen ergriffen die Flucht. Die Ängstlichen packten ihre Koffer. Die Vorsichtigen ließen die Jalousien herunter. Ein paar Mutige lugten mit ihren Smartphones um die Hausecken.

Eine Luke im Schiff öffnete sich. Ein Kopf schaute heraus. »Ist hier jemand?«, rief das Wesen in einer Sprache, die jeder verstand. Es bekam keine Antwort.

»Ein ödes Kaff«, stellte es fest. Dann verschwand der Kopf, und die Luke schloss sich. Die Mutigen verfolgten das startende Raumschiff mit ihren Smartphones. Die Vorsichtigen öffneten die Jalousien. Nur die Ängstlichen sahen nicht zurück und verließen die Stadt.

Testsieger

Das Ministerium für
Wohlfahrt und Familie
Der Ministerin

Presseinformation 34/2034

Vreudenhaus Limberode belegt bundesweit Platz 1

Bei einem bundesweiten Test der Stiftung Verbraucherschutz erhielt das Vreudenhaus Limberode die Note Sehr gut (1,3) und belegte damit den ersten Platz, gemeinsam mit dem Hurenhaus Frankfurt-Bockenheim. Das berichtet die Stiftung in der November-Ausgabe ihrer Zeitschrift »Der Verbraucher«.

Wohlfahrtministerin Dr. Hendrik Sommer gratuliert zu diesem Achtungserfolg: »Limberode wurde am 3. Juli 2029 als erstes Stützpunktbordell in unserem Bundesland eröffnet. Heute sind es landesweit bereits 16. Bei der Errichtung von Stützpunktbordellen befinden wir uns noch am Anfang. Aber das Testergebnis zeigt, dass wir auf dem richtigen Weg sind und auch in der Fläche qualitativ mit dem Großstadtangebot mithalten können.«

Getestet wurde pro Bundesland ein Stützpunktbordell. Drei erzielten ein »sehr gutes« und fünf ein »befriedigendes« Gesamtergebnis. In einem Fall gab es die Note »unbefriedigend«.

Testpersonal aller anerkannter Geschlechter trat von Mai bis Juni 2033 verdeckt auf, nahm sexuelle Dienstleistungen in Anspruch und erkundigte sich nach Spezialbehandlungen und genderspezifischen Angeboten. Bewertet wurden die fachliche Qualität, die Gendervielfalt des Personalbestands und der Kundenservice.

Sommer: »Stützpunktbordelle bieten sicheren Sex für jeden Geldbeutel und sind für alle Fragen rund um die sexuelle Selbstbestimmung und -verwirklichung die erste Anlauf- und Informationsstelle im Land. Sie helfen allen, die aus wie auch immer gearteten Gründen in der Verwirklichung ihrer sexuellen Bedürfnisse eingeschränkt oder in ihrer sexuellen Orientierung unsicher sind. Das Neue an den Stützpunkten ist, dass sie gemeinsam von Krankenkassen und Landkreisen oder kreisfreien Städten betrieben werden. So können die unterschiedlichen Kompetenzen und Zuständigkeiten bürgerfreundlich unter einem Dach miteinander vernetzt werden. Aus einer Hand erhalten die Betroffenen schnell und kompetent alle Angebote an sexuellen Leistungen.«

Das Testergebnis habe aber auch gezeigt, dass die Stützpunktbordelle bei den Bedürftigen und ihren Angehörigen nicht bekannt genug seien. Daran müsse gearbeitet werden, so der Ministerin. Bis Ende 2036 wird die rot-lila Landesregierung die Stützpunkte im Bundesland flächendeckend ausbauen und etablieren, bekräftigte Dr. Sommer.

Fleischesserring gesprengt

DB-Nr.: 6878958
Agentur: NV (Nachrichten für Veganer)
Ressort: vm
Priorität: 1
Empfangsdatum: 29.11.2035 - 16:48h
Stichwörter: Kriminalität; Ernährung
NV0499 1 vm 82 nv 2935
Kriminalität/Ernährung
Gesundheitspolizei sprengt Fleischesserring =

Aurich (nv) - Im niedersächsischen Lammertsfehn hat die Gesundheitspolizei einen Fleisch- und Wurstesserring gesprengt. Jahrelang habe die Gruppe illegal tierische Produkte zubereitet und verzehrt, teilte die Staatsanwaltschaft in Aurich mit. Die Gruppe, die sich Club der bekennenden Fleischesser nennt, habe aus mehreren Dutzend Mitgliedern in wechselnder Zusammensetzung bestanden. Die Anführer, ein Landwirt, ein Bauunternehmer und der örtliche Tierarzt, wurden festgenommen. Dem Tierarzt droht außer einer empfindlichen Geldstrafe der Verlust der Approbation.

Redaktionelle Hinweise - Zusammenfassung bis 1800 - ca. 60 Zl - Aktualisierter Korr-Bericht bis 1700 - ca. 55 Zl

Die Zeitmaschine auf dem Küchentisch

Juliane Meyer drückte ihrem Mann einen Karton in die Hand, als sie am Abend von der Arbeit nach Hause kam.

»Hier, pack' mal aus«, sagte sie.

Während Juliane ihren Mantel an die Garderobe hängte, brachte ihr Mann, der gerade Abendbrot machen wollte, den Karton in die Küche und stellte ihn auf den Tisch.

»Was ist das?«, fragte Steffen Meyer, als er ausgepackt hatte. Auf dem Küchentisch stand etwas, das aussah wie ein umgedrehter, weiß emaillierter Wassereimer. Die Oberfläche war bis auf den in Silber schimmernden Schriftzug »Future Electronics« makellos glatt. Oben war das Gerät leicht abgerundet, und eine feine Rille war zu erkennen.

»Das ist ein Vorabmodell der Zeitmaschine, an der unsere Entwicklungsabteilung gerade arbeitet«, antwortete seine Frau. »Wir sollen ausprobieren, ob man damit im Alltag etwas angefangen kann. Melanie hat auch so eine mit nach Hause bekommen.«

Die Spaßbremse, dachte Steffen, verkniff sich aber jede Bemerkung über die Kollegin seiner Frau. Melanie Kasunke war Julianes beste Freundin. Die beiden kannten sich seit der Schule. Er fand sie langweilig, und vor Jahren hatte sie ihn mal abblitzen lassen.

Er umkreiste misstrauisch-neugierig dreinblickend den Küchentisch. Als er die Runde beendet hatte, sah Steffen seine Frau herausfordernd an: »Und wie funktioniert deine Zeitmaschine? Hier sind überhaupt keine Knöpfe dran.«

Juliane kramte ihr Smartphone aus der Handtasche und schaltete es ein. Sie wischte mit dem Zeigefinger ein paar Mal über das Display, bis sie das Passende gefunden hatte.

»Mit einer App. Hier, du kannst ganz einfach einstellen, wie weit die Zeitmaschine in die Vergangenheit reisen soll. Es geht allerdings höchstens drei Tage zurück, ist bloß ein Prototyp«, sagte sie fast entschuldigend.

Steffen nahm ihr das Telefon aus der Hand und fingerte darauf herum.

»Da tut sich nichts.«

»Vermutlich müssen wir die Maschine erst einschalten.«

Juliane hob die Zeitmaschine an und drehte sie auf den Kopf. Im Boden waren ein Deckel, ein kleiner schwarzer Schalter mit der Beschriftung »On« und »Off« und ein USB-Anschluss zu erkennen. Hinter dem Deckel dürfte sich ein Akku befinden, und der USB-Anschluss ist bestimmt für die Stromversorgung und Updates, dachte Juliane, die mit Technik wenig am Hut hatte. Sie arbeitete bei Future Electronics in der Buchhaltung.

Sie drückte den Schalter in die »On«-Stellung. In der Kappe der Zeitmaschine begann ein kleines, rotes Licht zu blinken. Nach kurzer Zeit wechselte es zu einem ruhigen Grün.

Auf dem Display des Smartphones, das Steffen noch in der Hand hielt, poppte die Meldung »Connected« auf.

Juliane stellte das Gerät wieder richtig herum auf den Tisch und klappte den Deckel auf. Ein kleines, kaum postkartengroßes Fach kam zum Vorschein. Es war leer.

»Wenn ich es richtig verstanden habe«, sagte sie, »legt man etwas rein, und die Zeitmaschine transportiert es in die Vergangenheit.«

»Wozu soll das denn gut sein?«, wollte ihr Mann wissen und blickte sie finster an.

Juliane ließ sich dadurch nicht stören. Er würde schon sehen.

Sie klappte den Deckel der Zeitmaschine zu und hielt den Atem an. Als sie bemerkte, dass das grüne Licht für einen Moment flackerte, ließ sie die Luft ab, sah auf die Uhr und baute sich vor ihrem Mann auf.

»Mach' die Maschine auf.«

Steffen sah sie leicht irritiert an, weil sie sonst nicht so bestimmend war, sagte aber nichts und hob den Deckel an.

»Oh!«

In dem Fach, das gerade noch leer gewesen war, lag ein Zehn-Euro-Schein.

»Wo kommt der jetzt her?«.

»Ich werde ihn in fünf Minuten hineingelegt und in die Vergangenheit geschickt haben.«

»Du verarscht mich«, entfuhr es Steffen, der leicht ungehalten werden konnte, wenn er nicht richtig verstand, was um ihn herum vorging.

Juliane schüttelte den Kopf. Sie nahm den Schein aus dem Fach der Zeitmaschine und schloss den Deckel.

Als die fünf Minuten vorbei waren, öffnete sie den Deckel, legte das Geld hinein und schloss das Gerät wieder. Sie nahm ihrem Mann das Smartphone aus der Hand und tippte etwas auf dem Display.

Die Kontrollleuchte flackerte.

»Et voilà!«

Juliane klappte den Deckel hoch. Das Fach war leer.

»Jetzt ist das Geld wieder weg«, stellte Steffen fest.

Genau. Das war wirklich erstaunlich, dachte Juliane. Sie nahm eine Haarsträhne in die Hand und drehte sie um die Finger. Buchführerisch war die Sache einwandfrei: Einnahmen und Ausgaben waren gleich, also blieb nichts übrig. Aber obwohl sie von Zeitreisen keinen Schimmer hatte und sie bisher für Science-Fiction gehalten hatte, sprang ihr das Paradoxe sofort ins Auge, denn mit Geld kannte sie sich aus: Woher war der Zehn-Euro-Schein, den sie in der Hand gehalten hatte, gekommen?

Das Abendbrot kam auf den Tisch. Steffen Meyer stellte die Zeitmaschine auf die Anrichte im Wohnzimmer. Beim Essen wechselten die Eheleute wie meistens kaum ein Wort. »Der Schornsteinfeger war da.« – »Aha!« – »Aber mit der Heizung ist alles in Ordnung.« – »Dann ist ja gut«. Der Bemerkung ihres Mannes, dass Nachbars Katze Junge bekommen hatte, war Juliane nur noch ein Schulterzucken wert.

»Eigentlich ist so eine Zeitmaschine ganz praktisch«, sagte Steffen, nachdem sie eine Zeit lang schweigend gegessen hatten, und legte sein Käsebrot hin, in das er gerade hatte beißen wollen. »Wenn ich heute einen Kuchen backen will und es sind keine Eier da, kann ich die einfach morgen kaufen und mir zurückschicken.«

Juliane hätte fast einen Lachanfall bekommen.

»Das werden aber teure Eier. Was glaubst du denn, was so eine Zeitmaschine kostet?«

Steffen zuckte die Schultern.

»Ich meine ja bloß. Ist doch nur ein Beispiel. Es könnte auch ein wichtiges Medikament sein, das gerade nicht zur Verfügung steht«, antwortete er. Juliane wackelte halb zustimmend mit dem Kopf.

»Hm, ja.«

Dann breitete sich wieder Schweigen aus.

Später im Bett setzte sich Steffen Meyer kerzengerade auf, schaltete die Nachttischlampe ein und stupste seine Frau an, die leicht schnarchte.

»Wenn du vorhin den Geldschein nicht in die Maschine gelegt hättest, was wäre passiert?«, fragte er.

Steffen hatte sich offenbar ähnliche Gedanken gemacht wie sie, stellte Juliane fest. Er hatte zwar nur einen Realschulabschluss, aber eine beneidenswerte praktische Intelligenz. Auch wenn er sein Wissen überwiegend aus Männerzeitschriften und Fernsehmagazinen bezog, reichte es locker aus, sich allen Lebenslagen zu stellen.

»Ich habe mir das so überlegt. Wenn nichts in der Maschine gewesen wäre, wäre nichts in die Vergangenheit transportiert worden. Das hätten wir aber nicht bemerkt, weil sich nichts verändert hätte. Wir hätten vielleicht gedacht, die Maschine würde nur arbeiten, wenn etwas im Fach ist, und hätten den Zehn-Euro-Schein hineingelegt. Denn wenn wir etwas anderes hineingelegt hätten, hätten wir nicht gewusst, wo es, nein, wann es angekommen ist, und wären genauso schlau wie vorher. Vielleicht hat sogar jemand anderes den Geldschein in die Maschine gelegt.«

Steffen starrte für einen Moment an die Decke, wohl um seine Gedanken zu sortieren.

»Wir müssen ein Experiment machen. Also, wir machen die Maschine auf und überzeugen uns, dass sie leer ist. Ein paar Minuten später legen wir etwas hinein und schicken es zu dem Zeitpunkt zurück, als wir das leere Fach kontrolliert haben.«

Das klang verrückt.

Bevor Juliane etwas erwidern konnte, hatte sich ihr Mann aus dem Bett geschwungen, seinen Morgenmantel übergeworfen und war ins Wohnzimmer gegangen. Als sie wenig später nachkam, saß er mit dem Smartphone in der Hand vor der Maschine, die er auf den Küchentisch gestellt hatte.

Steffen sah Juliane nur kurz an, als sie sich neben ihn setzte, dann wandte er sich wieder der Maschine zu.

»Jetzt«, sagte er und öffnete den Deckel. Das Fach war leer.

»Es ist genau zwei Uhr fünfundfünfzig«, sagte er mit tonloser Stimme. Das sollte wohl wissenschaftlich klingen. Juliane war amüsiert über die Ernsthaftigkeit, mit der ihr Mann zu Werke ging.

Steffen klappte den Deckel zu. Er tippte die Zielzeit in die App und wartete zwei Minuten. Er klappte den Deckel hoch, legte eine Streichholzschachtel, die neben dem Stövchen auf dem Küchentisch lag, in das Fach und tippte auf »OK«.

Das Licht der Zeitmaschine strahlte unverändert grün.

Vorsichtig streckte Steffen die Hand aus. Langsam, beinahe zaghaft lupfte er den Deckel der Zeitmaschine. Die Schachtel war noch da.

»Ich stelle fest: Die Schachtel ist noch da. Es hat kein Transport stattgefunden«.

Juliane sagte »Schönes Experiment«, raffte den Morgenmantel um sich und ging zurück ins Bett.

Als Steffen Meyer am nächsten Morgen aufstand, war seine Frau längst zur Arbeit. Die Zeitmaschine stand auf dem Küchentisch, wie er sie nachts zurückgelassen hatte. Der Deckel war offen, das Fach leer.

Juliane hatte das Telefon mit der App mitgenommen, deshalb konnte Steffen nichts machen. Aber heute war Freitag, da würde sie schon kurz nach Mittag zu Hause sein. Bis dahin musste er eben mit Hausarbeit die Zeit totschlagen. Der Wäscheberg, den er im Bügelzimmer aufgetürmt hatte, würde ihm dabei helfen. Beim Bügeln hatte er viel Zeit zum Nachdenken.

»Am Montag muss ich die Zeitmaschine zurückgeben«, sagte Juliane, nachdem sie von ihrem Mann mit einem Kuss begrüßt worden war und ihren Mantel an der Garderobe aufgehängt hatte. Sie freute sich auf den Tee, den es freitags um diese Zeit immer gab.

»Das reicht«, antwortete Steffen und fuchtelte seiner Frau mit einem Lotto-Schein vor der Nase herum. »Morgen sind sieben Millionen im Jackpot. Die holen wir uns.«

Es dauerte einen Moment, bis Juliane begriff, was Steffen vorhatte.

»Du hast mit der Zeitmaschine die Lottozahlen. . ?«

»Ja, genau.«

»Aber das ist Betrug.«

»Wieso? Meinst du, das ist ungesetzlich?«

Juliane nahm ihren Mann in den Arm.

»Das nicht gerade, aber es ist unfair gegenüber den anderen Mitspielern.«

»Ach was«, sagte Steffen nur, löste sich aus der Umarmung und verschwand in der Küche. »Ich mache uns erst mal Tee.«

Beschwingt durch die Aussicht auf die Lotto-Millionen klemmte sich Juliane Meyer am Montagmorgen die Zeitmaschine unter den Arm und fuhr zur Arbeit. Es war ein erregendes Gefühl gewesen, als bei der Lottoziehung die Zahlen eine nach der anderen genau in der Reihenfolge gefallen waren, wie sie auf dem Zettel aus der Zeitmaschine gestanden hatten. Den Lottoschein hatte sie selbst kurz vor Annahmeschluss mit zitternden Händen abgegeben.

Zur Feier des Tages hatte Steffen eine Flasche Sekt, die er extra gekauft hatte, geköpft. Dann hatten sie sich auf dem Wohnzimmerfußboden geliebt. Das war noch aufregender gewesen.

In der Straßenbahn war es voll. Gleich nach der ersten Haltestelle tauchte ein Kontrolleur in Zivil auf.

»Ihre Fahrkarte, bitte«, sagte der Mann. Juliane kramte in ihrer Handtasche nach der Monatskarte, konnte sie aber nicht finden. Der Kontrolleur stand geduldig neben ihr.

Juliane wurde unruhig. Wo war die verdammte Monatskarte? Hektisch wühlte sie noch einmal die Tasche durch.

»Sie muss hier irgendwo sein«, sagte sie und überlegte, wann sie die Karte das letzte Mal gesehen hatte. Es wollte ihr nicht einfallen. In ihrer Not griff sie zum Deckel der Zeitmaschine. Sie könnte . . .

»Vielleicht schauen Sie in Ihrer Manteltasche nach«, schlug der Kontrolleur vor.

Juliane zog die Hand von der Maschine zurück und steckte sie in die rechte Manteltasche. Tatsächlich, da war die Karte.

»Bitte«, sagte sie erleichtert. Glück gehabt.

Beim Pförtner traf Juliane Melanie Kasunke. Sie erzählte ihrer Freundin gleich von dem Vorfall in der Straßenbahn.

»Fast hätte ich die Zeitmaschine eingesetzt«, sagte sie ganz leise, obwohl der Pförtner längst außer Hörweite war. Sie erzählte vom nächtlichen Experiment ihres Mannes und der Idee mit den Eiern. Von den Lottozahlen sagte sie nichts.

Melanie lachte.

»Mein Sohn wollte, dass ich ihm die Lösung für seine Matheklausur nächste Woche besorge. Aber wie sollte das gehen? Also habe ich ihm zum Trost die Bundesligaergebnisse verraten. Damit konnte er abends beim Training angeben.«

Melanies Sohn Felix war ein aufgeweckter Junge. Bestimmt hat er daraus Kapital geschlagen, dachte Juliane. Da war er ganz der Vater.

»Und sonst?«, fragte sie.

Melanie druckste erst herum, dann zog sie ihre Freundin zu sich heran.

»Ich habe meinem Ex den neuen Oldtimer geklaut«, flüsterte sie.

Juliane war ganz Ohr. Melanies Verflossener war ein Wichtigtuer und ein Autonarr. Er hatte seine Gattin vor ein paar Jahren mit dem pubertierenden Sohn sitzenlassen und führte sich seitdem wie ein Schmalspurplayboy auf.

»Robert hat Felix am Samstagmorgen abgeholt, um mit ihm zu seiner Mutter zu fahren. Dabei hat er damit geprahlt, dass er einen Wagen gekauft hat, irgendso'n alten Mercedes. Aber den Unterhalt für den Jungen und mich, den vergisst er regelmäßig. Ich war echt sauer und wollte ihm eins auswischen, und als er Felix am Sonntagabend zurückgebracht hat, habe ich mir seinen Schlüsselbund gegriffen und in die Vergangenheit geschickt. Er legt ihn aus alter Gewohnheit immer noch auf die Kommode im Flur. Die Zeitmaschine hatte ich daneben gestellt. Es war eine Sache von Sekunden.«

»Und was hast du mit der Karre gemacht?«

»Die steht am anderen Ende der Stadt. Irgendwann werden sie die schon finden. Aber so lange schmort er. Schade, dass ich nicht dabei sein kann, wenn er die Garage aufmacht und die leer ist.«

Eine halbe Stunde später stand Juliane vor Sergio Montenegro, dem Chef der Entwicklungsabteilung von Future Electronics. Sein riesiges Büro war vollgestopft mit Geräten aller Art. Er nahm ihr die Zeitmaschine ab und stellte sie achtlos in ein Regal, in dem schon vier andere standen.

»Und, Frau Meyer, was sagen Sie?«, fragte er und tippte dabei wie wild auf seinem Pad herum. Er bot ihr nicht einmal einen Sitzplatz an.

Juliane hatte sich genau überlegt, was sie sagen wollte. Sie würde den Zehn-Euro-Schein erwähnen und das Experiment mit der Streichholzschachtel. Aber nach ein, zwei Sätzen merkte sie, dass Montenegro nicht richtig zuhörte, weil er seinem Pad mehr Aufmerksamkeit schenkte als ihr.

»Wenn man nicht gerade beim Lotto betrügen will, ist die Maschine ziemlich nutzlos«, behauptete Juliane und hoffte, dass es sich wie ein Witz anhörte.

Da sah Sergio Montenegro für einen Moment von seinem Pad hoch, verzog den Mund und erwiderte:

»Komisch, so etwas Ähnliches hat Frau Kasunke vorhin auch gesagt.«

Der Zeitreisende, der zu spät kommt

Zeitagent Calvin eilte mit energischen Schritten die Houston Street entlang. Er war spät dran. Der Absetzzeitraum war dieses Mal besonders eng gewesen, und er hatte noch ein gutes Stück laufen müssen, um zu seinem Einsatzort zu kommen. Immer wieder musste er Schaulustigen ausweichen, die wie er hier waren, um den Präsidenten zu sehen. Im Unterschied zu ihnen wusste Calvin, dass hinter einem der Fenster in dem großen Backsteingebäude, an dem er jetzt vorbeihastete, ein Attentäter wartete und in ein paar Minuten tödliche Schüsse auf John F. Kennedy abgeben würde.

Calvins Auftrag: Er sollte das Attentat, das ein Jahrhundert danach noch immer zu den Traumata der amerikanischen Nation zählte, im Bild festhalten. Es gab zwar jede Menge Bildmaterial, aber es war alles von miserabler Qualität. Calvin fand das unschicklich, aber Auftrag war Auftrag. Die Techniker der Zeitagentur hatten ihn mit ihrem neuesten Hightech-Gerät ausgestattet, das ihm, als schwerer Fotoapparat getarnt, um den Hals hing und bei seiner beschleunigten Gangart im Rhythmus seiner Schritte gegen den Bauch prallte.

»Sie gehen dahin und schauen sich ein bisschen um«, hatte sein Chef gesagt. Er hatte die Neigung, alle Einsätze als Sonntagsspaziergänge darzustellen. Dabei waren Zeitreisen eine knifflige Angelegenheit, bei der viel schiefgehen konnte. Das wurde den Zeitagenten fast täglich eingebläut.

Über das Attentat auf Kennedy gab es einen riesigen Berg aus Untersuchungsberichten, Ermittlungsakten,

Zeitungsartikeln, Büchern, Blogbeiträgen und sogar Gedichten. Calvin hatte sich tagelang damit beschäftigt. Die wesentlichen Fakten hatte er im Kopf. An diesem 22. November 1963 fuhren Kennedy und seine Frau Jaqueline mit Gouverneur Connally und dessen Frau in einem offenen Lincoln Continental X-100 vom Flugplatz zu einer Wahlkampfkundgebung. Gegen 12.30 Uhr, in ein paar Minuten, würde der Konvoi von der Main Street in die Houston Street und von dort in die Elm Street einbiegen. Sekunden später würden drei Schüsse fallen, die Kennedy tödlich verletzen würden. Der Täter, ein gewisser Lee Harvey Oswald, würde zunächst entkommen, aber wenig später gefasst werden. Zwei Tage später würde der Attentäter von dem Nachtclubbesitzer Jack Ruby erschossen werden.

Calvin bog mit Schwung um die Ecke in die Elm Street ein und wurde zurückgeschleudert. Ein bulliger Mann mit einem Cowboyhut taumelte zur Seite und stieß eine Mülltonne um. Der Behälter rollte langsam vom Bürgersteig auf die Straße. Der Cowboy verlor jetzt endgültig das Gleichgewicht und stürzte. Der Hut landete Calvin direkt vor den Füßen.

Sofort war der Cowboy von einer Handvoll dunkel gekleideter Männer umringt. Sicherheitsleute des Präsidenten oder des FBI, dachte Calvin und sah zu, dass er ein paar Schritte Abstand bekam. Nicht erwischt zu werden hatte bei den Zeitagenten Priorität. Seine Papiere waren zwar gut und würden jeder normalen Kontrolle durch die Polizei standhalten, aber wenn sie seine Angaben überprüften, würde seine Legende wie ein Kartenhaus zusammenbrechen.

Einer der Sicherheitsleute sprach hastig in sein Walkie-Talkie, drei andere drängten die Schaulustigen, die dicht an dicht am Straßenrand standen, zurück. Zwei Polizisten in Uniform stellten sich mitten auf die Kreuzung, zwei weitere rannten hinüber zur Main Street und wedelten dabei heftig mit den Armen.

Im nächsten Moment tauchten dort drei Polizeimotorräder hinter der Hausecke auf. Sie machten Anstalten abzubiegen, aber als die Fahrer die aufgeregten Kollegen sahen, fuhren sie geradeaus weiter. In einem Abstand folgte der Lincoln des Präsidenten. Kennedy saß im Fond des Cabrios auf der rechten Seite. Er hatte sich nach vorne gebeugt und sprach offenbar mit dem Fahrer. Dann war der Wagen von Calvins Standort aus nicht mehr zu sehen. Bäume versperrten die Sicht.

Inzwischen war der Cowboy wieder auf den Beinen. Die Sicherheitsleute tasteten ihn ab, drehten die Gegenstände, die sie in seinen Taschen fanden, in den Händen. Offenbar kam ihnen nichts verdächtig vor, und sie ließen von ihm ab. Der Cowboy nahm seinen Hut und ging davon. Der Mann mit dem Walkie-Talkie gab noch ein paar Anweisungen, bevor er um die Ecke verschwand. Die Menschenmenge am Straßenrand löste sich auf. Es gab nichts mehr zu sehen.

Zeitagent Calvin hatte die ganze Zeit auf das Geräusch von Schüssen gewartet. Aber es war nichts passiert. Er mustere das Fenster im sechsten Stock des Schulbuchlagers, hinter dem der Schütze gelauert haben musste. Zu sehen war nichts. Es hatte kein Attentat gegeben. Der Präsident lebte. Dieser 22. November 1963 würde nicht in die Geschichte eingehen.

Er hatte es vermasselt, weil er den Cowboy angerempelt hatte. Er war dafür verantwortlich, dass John F. Kennedy lebte. Er hatte die Vergangenheit verändert. Die Erkenntnis traf Calvin fast schmerzhaft.

In diesem Moment kippte die Welt von Zeitagent Calvin zur Seite und machte einer anderen Platz.

***

Zeitagent Calvin schlenderte in aller Seelenruhe die Houston Street entlang. Es war kurz vor halb eins, er hatte knapp zehn Minuten Zeit, um sich in Position zu bringen, bevor dreimal auf den Präsidenten geschossen werden würde. Die Straßenränder waren von zahlreichen Menschen gesäumt, auf der gegenüberliegenden Dealey Plaza hatten sich einige Fotografen postiert. Alle warteten auf John F. Kennedy. Einer von ihnen hatte sich mit einem Gewehr im County Records Building, einem acht oder neun Stockwerke hohen Gebäude aus der Zeit der Jahrhundertwende, versteckt und würde sein Mörder werden.

Calvins Auftrag: Er sollte herausfinden, wer am 22. November 1963 auf Kennedy geschossen hatte. Alle Versuche, den Mörder zu ermitteln, waren ins Leere gelaufen. Hundert Jahre nach dem letzten erfolgreichen Attentat auf einen amtierenden US-Präsidenten war dieser Fall noch immer ungelöst. Ein schwarzer Fleck auf der glorreichen Geschichte der amerikanischen Justiz. Eine Schande für die Ermittler. Obwohl der Mörder lange tot war, war die Akte nie geschlossen worden. Jetzt hatten die Behörden die Möglichkeit, den schwarzen Fleck zu tilgen.

»Sie gehen da hin, schauen sich ein bisschen um und bringen uns den Namen, mehr nicht. Ein Gesicht reicht vielleicht schon«, hatte sein Chef gesagt. Er hatte die Neigung, alle Einsätze als Sonntagsspaziergänge darzustellen. Dabei waren Zeitreisen eine knifflige Angelegenheit, bei der viel schiefgehen konnte. Man durfte sich vor allem nicht erwischen lassen. Das wurde den Zeitagenten fast täglich eingebläut.

Über den Fall Kennedy gab es einen riesigen Berg aus Untersuchungsberichten, Ermittlungsakten, Zeitungsartikeln, Büchern, Blogbeiträgen und sogar Gedichten. Calvin hatte sich tagelang damit beschäftigt. Die wesentlichen Fakten hatte er im Kopf. Wenige Minuten nach halb eins wird Kennedy zusammen mit seiner Frau Jaqueline, dem Gouverneur und dessen Frau sowie einem Leibwächter und dem Fahrer in einem offenen Lincoln Continental X-100 von der Main Street in die Houston Street und von dort in die Elm Street einbiegen. In diesem Moment werden drei Schüsse fallen und Kennedy und den Gouverneur töten. In dem anschließenden Chaos wird es dem Mörder gelingen, in der Menge unterzutauchen. Erst eine Stunde später wird seine Waffe, ein spanisches Infanteriegewehr, im fünften Stock des Records Building gefunden.

Es gab für den Attentäter nur eine Möglichkeit, das Gebäude zu verlassen. Das Treppenhaus war der einzige Zugang zur Straße. Das Haus hatte keinen Hintereingang, keine Feuerleiter und keine Fenster, aus denen der Attentäter hätte springen können.

Calvins ganze Ausrüstung bestand aus einem Multifunktionsinstrument, das als Kamera getarnt war. Mit einem solchen Fotoapparat fiel er hier nicht weiter auf.

Das Gerät würde einer flüchtigen Überprüfung standhalten, und man konnte damit tatsächlich auf altertümliche Weise fotografieren. Die Techniker der Zeitagentur waren keine Anfänger, sie verstanden ihren Job.

Calvin öffnete die schwere Holztür und trat ein. Das Vestibül verströmte den Charme einer längst vergangenen Zeit. Dunkles Holz, Marmor und Stuckverzierungen prägten das Ambiente. Von der Decke hing ein betagter Kronleuchter. Ein kleiner, verglaster Verschlag diente offenbar als Pförtnerloge, war aber leer. Vermutlich war die Neugier des Pförtners größer als sein Diensteifer, und er stand mit den anderen Schaulustigen auf der Straße.

Im hinteren Teil der Vorhalle schwang sich eine erstaunlich breite Treppe aufwärts. Calvin sah sich nach einem günstigen Standort um, von wo aus er die Treppe im Auge behalten konnte. Nur die Loge kam in Frage. Das war ungünstig, der Pförtner konnte zurückkommen.

Von irgendwo her ertönte der Schlag einer Uhrglocke. Es war halb eins. Jetzt musste er sich sputen. Aber noch bevor der Zeitagent sich in Bewegung setzen konnte, hörte er drei Schüsse.

Calvin sprang durch die noch einen Spalt breit offenstehende Tür zurück auf die Straße. Im ersten Moment sah er nur eine wild durcheinander laufende Menschenmenge. Direkt vor ihm hatte ein Frau ein junges Mädchen zu Boden gerissen, als wolle sie es mit ihrem Körper schützen. Ein Mann mit einem Cowboyhut hatte sich, mit dem Rücken zum Records Building, hinter einer Mülltonne in Sicherheit gebracht. Schräg gegenüber rannten dunkel gekleidete Männer, wahrscheinlich Sicherheitsleute oder Polizisten in Zivil, auf den Eingang des Schulbuchlagers zu. Calvin sah in einiger Entfernung auf der Elm Street einen großen, dunklen Wagen mit hoher Geschwindigkeit in Richtung Unterführung davonfahren. Der Lincoln des Präsidenten.

Erschrocken hielt Calvin inne. Da war einiges anderes gelaufen, als es sollte. Der Präsident war Minuten zu früh um die Ecke gebogen, und die Schüsse waren mit Sicherheit nicht aus dem Records Building gekommen. So viel stand fest.

Wo war er hier hineingeraten? Eine Zeitverwerfung? Auf den Gängen der Zeitagentur in Washington wurde darüber nur hinter vorgehaltener Hand gesprochen. Offiziell gab es so etwas nicht. Die Vergangenheit stehe unverrückbar fest, lautete das Credo. Aber jeder Zeitagent hatte bei seinen Einsätzen schon kleine Abweichungen von den überlieferten Fakten bemerkt. Das wurde immer auf die Überlieferung geschoben. Von so einem eklatant veränderten Ablauf hatte Calvin nie gehört.

Er musste in Erfahrung bringen, was gerade passiert war. Die Büros der Dallas Morning News lagen nur einen Steinwurf entfernt. Bei der Zeitung würde er am ehesten etwas erfahren.

In diesem Moment kippte die Welt von Zeitagent Calvin zur Seite und machte einen anderen Platz.

***

Zeitagent Calvin hastete die Houston Street entlang. Jede Sekunde war kostbar. Es waren nur noch wenige Minuten, bis die tödlichen Schüsse fallen würden. Er musste auf die andere Seite der Straße und in das Haus gegenüber, einen sechsstöckigen Backsteinbau von der Jahrhundertwende. Dort wartete der Attentäter auf den

Konvoi des Präsidenten, der jeden Augenblick um die Ecke biegen konnte.

In seiner Eile rannte Calvin fast einen Mann mit einem Cowboyhut über den Haufen. Der Passant kam ins Straucheln und prallte gegen eine Mülltonne, die umfiel und langsam über den Bürgersteig rollte. Calvin murmelte eine Entschuldigung, die er selbst kaum hören konnte, und war vorbei. Die Situation kam ihm merkwürdig bekannt vor. Er hatte den Eindruck, das alles schon einmal erlebt zu haben, nur anders. Ein seltsames Déjà-vu. Es war wie die Erinnerung an einen Traum, eine wirre Folge von Bildern.

Er konnte sich nicht einmal genau an den Auftrag erinnern, mit dem er in die Vergangenheit geschickt worden war. Er sollte verhindern, dass ein gewisser Lee Harvey Oswald, der im Schulbuchlager arbeitete, heute den Präsidenten ermordete, aber gleichzeitig herausfinden, wer John F. Kennedy an diesem 22. November 1963 vom Dach des Records Buildings aus erschossen hatte. Das war widersinnig. Außer es gab zwei Attentäter. War es dann nicht egal, wer die tödlichen Schüsse abgab?

Calvin drückte die Tür zum School Book Depository auf. Der Vorraum war menschenleer. Die offene Aufzugtür fiel ihm sofort ins Auge. Der Zeitagent spurtete hinein und drückte, ohne zu zögern, den obersten Knopf. Er wunderte sich über seine Zielstrebigkeit, aber er war absolut sicher, das Richtige zu tun.

Quälend langsam schloss sich die Lifttür, und ebenso langsam setzte sich der Fahrstuhl in Bewegung. Vermutlich wäre er genauso schnell oben gewesen, wenn er die Treppe genommen hätte. Aber es tat gut, einen Moment verschnaufen zu können und die Gedanken zu sortieren.

Im Grund hatte er keine Ahnung, was er tun sollte. Er konnte sich doch keinem bewaffneten Mann entgegenstellen. Er wollte seinen Auftrag erfüllen, aber dafür nicht sein Leben lassen.

Die Aufzugtür öffnete sich im vierten Stock, und Calvin stand in einem langen Flur, der von ein paar Lampen schwach beleuchtet wurde. Durch eine nur angelehnte Tür hörte er Stimmen. Er drückte die Tür auf und fand sich in einem Großraumbüro wieder. Es standen vielleicht zwei Dutzend Schreibtische darin. Nur wenige waren besetzt. Es war Mittagszeit, in der Kantine war sicher mehr los.

In der gegenüberliegenden Wand, die zur Elm Street hin liegen musste, zählte er sieben doppelflügelige Fenster. Von dort hatte man ein ideales Schussfeld, aber für einen Mordanschlag war es ungeeignet. Er musste weiter nach oben.

Als sich Calvin umdrehte, um den Raum zu verlassen, stand er einem schmächtigen jungen Mann gegenüber. Der Zeitagent überragte ihn fast um einen Kopf. Der Mann hielt einen Stapel Bücher in den Händen und machte einen Schritt zur Seite, als wollte er an Calvin vorbei.

Calvin starrte ihn ungläubig an. Er kannte dieses Gesicht mit dem leicht schnippischen Ausdruck. Es musste es tausend Mal gesehen haben. Wie konnte das sein?

»Lee Harvey Oswald?« In Calvins Stimme lag nur eine ganz leichte Spur von Unsicherheit.

Der Mann nickte.

»Ja. Worum geht's, mein Herr?«

Das Krachen von drei Schüssen über ihnen machten eine Antwort überflüssig.

Der junge Mann ließ vor Schreck die Bücher fallen, zwei Frauen warfen sich zu Boden, jemand schrie. Calvin rannte quer durch den Raum und riss ein Fenster auf. Kalte Luft schlug ihm entgegen. Auf der Elm Street sah er einen großen, dunklen Wagen mit hoher Geschwindigkeit in Richtung Unterführung davonfahren. Der Lincoln des Präsidenten.

Calvins Gedanken rasten. Nichts stimmte. Oswald hatte gar nicht versucht, Kennedy zu ermorden. Der junge Mann stand noch immer völlig verdattert in der Tür. Jemand anderes hatte geschossen, aber nicht von der richtigen Stelle, und der Präsident war auch viel zu früh vorbeigekommen.

Jetzt war keine Zeit, über die vielen Ungereimtheiten nachzudenken. Er musste auf dem schnellsten Weg von hier verschwinden. Auf keinen Fall durfte er den Ermittlern in die Hände fallen. Seine Papiere waren zwar gut und würden jeder normalen Kontrolle durch die Polizei standhalten, aber wenn sie nur ein bisschen an der Oberfläche kratzten, würde seine Legende wie ein Kartenhaus zusammenbrechen. Sie würden nicht nur ein bisschen kratzen, so viel war sicher.

In diesem Moment kippte die Welt von Zeitagent Calvin zur Seite und machte einen anderen Platz.

***

Zeitagent Calvin erstarrte. Er stand mitten in einem weiten, welligen Grasland, das bis zum Horizont reichte. Dies war nicht die Houston Street in Dallas, Texas.

Alles Anders

Gestern

Der laute, trockene Knall, der an diesem Morgen meine Wohnung erschütterte, brachte meine Welt ins Wanken. Vor Schreck ließ ich die Kaffeekanne fallen, die in Dutzende Scherben zersprang. Zum Glück war sie leer, sonst hätte ich mir womöglich mit dem heißen Kaffee die Beine verbrüht.

Mit einem Fluch stürzte ich ins Wohnzimmer, von wo der Knall gekommen sein musste. Mitten im Raum stand etwas, das mir unendlich fremd vorkam. Es war eine aufrecht stehende, dunkelgrüne Scheibe, die mich ein gutes Stück überragte. Sie mochte knapp einen Meter breit sein. Ihre Oberfläche glänzte metallisch.

Die Scheibe war mit Applikationen übersät. Als ich sie umrundete, sah ich kleine Kuppeln, Ösen, Stäbe und Röhren, die in einem grün-goldenem Ton schimmerten. Von der Scheibe ging ein leichtes Surren aus, und als ich näher kam, spürte ich die Wärme, die sie ausstrahlte. Dass es an einigen Stellen leicht rauchte oder dampfte, wunderte mich nicht wirklich. Ich hatte keine Vorstellung, was es sein könnte und wie es in mein Wohnzimmer gekommen war. Es stellte auf jeden Fall eine Unannehmlichkeit dar.

Die Erklärung ließ nicht lange auf sich warten, machte die Sache aber nicht einfacher.

Das Surren, das bisher den Raum erfüllte hatte, änderte sich, wurde lauter und schriller. In der Mitte der Scheibe bildete sich eine schmale, senkrechte Linie aus gelbem Licht, die allmählich breiter wurde. Die Seitenfläche der

Scheibe teilte sich. Die Hälften, die langsam auseinandergingen, schoben meinen gemütlichen Ohrensessel und die Reste des Couchtisches, den das merkwürdige Ding in seine Einzelteile zerlegt hatte, zur Seite.

Das Innere ähnelte einem altertümlichen Flugzeugcockpit. Eine Reihe von Schaltern, Drehknöpfen und Skalen sowie ein kleiner Monitor wurden sichtbar. Von einem Sitz in der Mitte der Scheibe, der einem Fahrradsattel ähnelte, stieg ein Mann herab und trat in mein Wohnzimmer.

Dieser Mann war – ich. Oder zumindest jemand, der genauso aussah wie ich. Er schien etwas älter, hatte markantere Gesichtszüge und zotteligere Haare, die leicht graumeliert waren. Am auffälligsten an ihm war die Kleidung. Er trug eine braune Tweedjacke und darunter ein weißes Hemd, Kniebundhosen, Wollstrümpfe und braune Halbschuhe. In der Hand hielt er einen leicht zerknautschten Hut, den er sich mit einer zielstrebigen Bewegung auf den Kopf setzte. An seinen Hals baumelte eine Kette mit einem Anhänger, vielleicht einem Amulett, das golden glänzte. Der Mann sah aus, als sei er gerade von einem Maskenball gekommen.

»Sind wird allein?«, fragte er mit meiner Stimme und drängte sich an mir vorbei in den Flur.

»Was?« Mein Verstand reagierte viel zu langsam, um irgendetwas Sinnvolles herauszubringen oder auch nur die Frage zu verstehen.

Der Fremde, der wie ich aussah, riss eine Tür nach der anderen auf. Zurück im Wohnzimmer baute er sich vor mir auf und deutete mit dem Daumen seiner rechten Hand über die Schulter auf die Scheibe in der Mitte des Raumes.

»Sie stört dich doch nicht, oder?«, fragte er und grinste.

Und ob, wollte ich sagen, aber es dauerte eine Weile, bis ich mich von der Überraschung erholt hatte und wieder klar denken konnte.

»Wer sind Sie?« Ich versuchte, meine Stimme fest und energisch klingen zu lassen. Dabei zitterte ich innerlich vor Anspannung.

»Ist das nicht offensichtlich?« Der Fremde lachte. »Ich bin du oder genauer gesagt, ich bin eine temporale Inkarnation von dir. Oder du von mir, das ist nicht festgelegt.«

Mein Gegenüber schien zu glauben, dass das als Erklärung ausreichte, und wandte sich wieder seinem Gefährt, oder was immer es war, zu.

»Das«, mein angebliches Alter Ego streckte die Hand aus, »ist meine Weltendroschke.«

Der Mann, der vorgab, ich zu sein, fingerte an den Armaturen herum. Seine Handgriffe waren zielstrebig und routiniert. Ich sah, dass einige Kontrollleuchten ihre Farbe wechselten und der Bildschirm kurz aufleuchtete und wieder erlosch.

»Sieht alles gut aus.« Der Fremde trat zwei Schritte zurück. Die Scheibe schloss sich. »Dann kann es ja losgehen. Ich habe eine Aufgabe für dich.«

»Wie? Sie können doch nicht einfach...« Ich schnappte vor Empörung nach Luft.

»Du willst doch, dass ich hier bald verschwinde, oder?«

Ich nickte. »Schieß los.«

Ich verstand nicht einmal die Hälfte von dem, was Anders mir erzählte. Im Stillen nannte ich ihn so, weil er mir dann als mein Zwilling nicht mehr so fremd vorkam. Ihn mit unserem gemeinsamen Vornamen anzusprechen, vermied ich. Es war nicht schwer, er redete fast ohne Unterlass.

Er sprach von Zeitknoten, geteilten Zeitläufen, temporalen Verwirbelungen, verschobenen Realitäten. Die Begriffe waren für mich ohne Bedeutung. Mir reichte es zu wissen, dass Anders aus einer anderen Welt kam und es so etwas wie ein Parallelwelt gab, die sich vor ungefähr 150 Jahren von unserem abgespalten und seitdem eine andere Entwicklung genommen hatte.

Die Behauptung war absurd, aber in meinem Wohnzimmer stand dieses Ding als unübersehbarer Beweis. Es war nicht von dieser Welt. Es war so real, dass es keinen Zweifel an Anders' Geschichte oder an meinem Verstand zuließ.

»Damit«, sagte Anders, »kann ich zwischen diesen Welten pendeln.«

Es klingelte an der Haustür. Anders verstummte und sah mich misstrauisch an.

»Wer ist das?«

Ich zuckte mit den Schultern. Woher sollte ich das wissen?

»Vielleicht der Postbote. Ich kuck' mal.«

Es war Martha Dirks.

»Scheiße.«

»Das ist aber eine nette Begrüßung.«

Martha schob sich an mir vorbei auf den Flur. Sie war eine alte Freundin meiner Mutter und so etwas wie meine Managerin. Ich hatte total vergessen, dass sie mich zur Probe abholen wollte.

»Hallo, Martha. Komm rein. Ich bin gleich so weit.«

Ich drängte sie mehr oder weniger in die Küche, damit sie sich gar nicht erst in Richtung Wohnzimmer in Bewegung setzte.

»Eine Minute noch. Mir ist gerade die Kanne runtergefallen.«

Während ich die Scherben zusammenkehrte, erzählte Martha mir irgendwas von Grauem Star und einer bevorstehenden Augenoperation. Dabei saß sie unruhig am Küchentisch, als wolle sie jeden Moment aufspringen und einen Inspektionsgang durch die Wohnung machen. Sonst machte mich das nicht nervös, aber heute kam ich ganz schön ins Schwitzen. Anders durfte ihr auf keinen Fall in die Arme laufen.

»Wir können los. Ich hol' mir noch ne Jacke«, sagte ich und verschwand aus der Küche, bevor Martha etwas sagen konnte.

Im Wohnzimmer war Anders genauso unruhig wie ich.

»Was ist los?«

Ich klärte ihn mit wenigen Worten auf.

»Das ist fein, jetzt können wir viel eher anfangen«, antwortete er nur. Ich war verblüfft. Mit einer solchen Reaktion hatte ich nicht gerechnet.

Mein Doppelgänger holte aus der Innentasche seiner Jacke etwas, das einem Handy ähnelte, und drückte es mir in die Hand.

»Nimm das mit und behalte es die ganze Zeit bei dir. Lass es dir nicht abnehmen.«

Mit diesen Worten schob er mich aus dem Wohnzimmer. Keine Sekunde zu spät. Martha war schon auf dem Weg dorthin.

In Marthas klapprigem Opel ging es quer durch die Stadt zum Stammsitz der Neo-Degussa. Das Unternehmen, das sein Geld mit dem Recycling von Edelmetallen verdiente und damit unter anderem ein großes Orchester finanzierte, hatte einen Wettbewerb für Komponisten moderner Musik ins Leben gerufen. Ich war in diesem Jahr mit meinem Solokonzert für verstärkte Triangel auf dem zweiten Platz gelandet. Am Sonntag war das Preisträgerkonzert, und heute trafen sich Komponisten, Orchester und Solisten für eine gemeinsame Probe.

Als Komponist musste ich nicht selbst spielen. Das wäre heute bestimmt in die Hose gegangen. Meine Gedanken kreisten unablässig um Anders und die Maschine aus der Parallelwelt. Ich wusste immer noch nicht, was mein Doppelgänger von mir wollte. Und warum hatte er mir dieses Gerät gegeben, das ich in der Hand hielt? Oberflächlich betrachtet ähnelte es einem gängigen Smartphone. Aber ich bezweifelte, dass man damit telefonieren konnte. Ich konnte nicht einmal feststellen, ob es überhaupt angeschaltet war.

Mit einem Seufzer steckte ich es in die Hosentasche und beschloss, in nächster Zeit nur an die Musik zu denken.

Als ich nach der Probe nach Hause kam, waren Anders und die Maschine verschwunden. Bevor sich Erleichterung breitmachen konnte, entdecke ich einen Zettel auf dem Wohnzimmerfußboden.

»Halt mir den Platz frei«, stand dort in einer altertümlich anmutenden, verschnörkelten Schrift. Anders wollte also wiederkommen. Was hatte das nun schon wieder zu bedeuten?

Ich hatte keine Zeit, über eine Antwort nachzudenken, weil es an der Haustür klingelte. Ich steckte den Zettel in die Hosentasche zu Anders' geheimnisvollem Gerät und riss die Tür auf. Vor dem Haus stand – Anders. Er trug einen perfekt sitzenden dunklen Anzug, hatte kurze, dunkle Haare und war ordentlich frisiert. Er wurde von zwei ebenfalls dunkel gekleideten Männern begleitet, denen man schon von Weitem ansah, dass mit ihnen nicht zu spaßen war.

»War er schon hier?«

Der Stimme nach war es Anders, aber der Ton des Mannes war herrisch und befehlsgewohnt.

Ohne eine Antwort abzuwarten, stieß mich der Mann grob zur Seite und trat in den Flur. Seine Gorillas folgten ihm. Anders war das nicht, so viel stand fest.

»Von wem reden Sie?« Ich tat so unschuldig wie möglich, obwohl ich natürlich wusste, wen er meinte.

»Na, von deinen, nein, unserem Doppelgänger.« Der Mann grinste schief. Er warf einen flüchtigen Blick in die Küche und ging weiter zum Wohnzimmer, während einer seiner Begleiter nach oben verschwand, wo mein Schlaf- und mein Arbeitszimmer lagen. Der andere blieb an der Haustür stehen.

Natürlich fanden sie nichts. Die leichte Unordnung, die Anders Maschine in meinem Wohnzimmer angerichtet hatte, schien sie nicht zu interessieren, und ich hatte nicht die Absicht, meinen Besucher eines Besseren zu belehren. Der Kerl war mir einfach unsympathisch, obwohl er ja irgendwie ich war.

»Ich will jetzt wissen, was hier los ist«, sagte ich in einem Moment, als die drei Männer offenbar unschlüssig, was sie als Nächstes tun sollten, im Flur standen.

Der Mann, der aussah wie Anders, schickte seine Gorillas raus. »Einer von euch postiert sich draußen und behält die Wohnung im Auge,« rief er ihnen hinterher. Er wandte sich mir zu.

»Wir wollen Sie nicht mit Details belasten«, begann er in wesentlich freundlicherem Tonfall als bei dem Überfall an der Haustür. »Wir suchen einen Mann, der so ähnlich aussieht wie wir beide. Es handelt sich um einen gefährlichen Kriminellen.«

»Was hat er verbrochen?«

»Er stiehlt Edelmetall, vor allem Gold und Platin, in großem Stil.«

Von der Parallelwelt sagte er nichts. Vermutlich hätte ich das einem unbedarften Musiker von einer anderen Welt auch nicht auf die Nase gebunden.

»Was will er ausgerechnet bei mir?«

Der Mann zuckte mit den Schultern.

»Keine Ahnung. Wahrscheinlich braucht er einen Stützpunkt, einen Unterschlupf. Sie sind doch ein hilfsbereiter Mensch, oder?«

Mein Gegenüber wurde jetzt richtig jovial. Aber er konnte mich nicht täuschen. Sein lauernder Blick sagte mir, dass ich von ihm nichts Gutes zu erwarten hatte, wenn ich ihm in die Quere kam.

Ich nickte.

»Wenn er kommt, rufen Sie mich bitte an?« Er zog eine Visitenkarten aus der Tasche. Es war ein einfacher weißer Karton mit seinem, nein, mit meinem Namen und einer Smartphone-Nummer darauf, mehr nicht.

Die Haustür fiel krachend ins Schloss. Vom Küchenfenster aus sah ich, wie der Mann mit einer dunklen Limousine davonfuhr. Einer seiner Gorillas saß am Steuer.

Der zweite hatte es sich auf der anderen Straßenseite im Buswartehäuschen bequem gemacht.

Da konnte er lange auf Anders warten. Und ein Bus fuhr heute auch nicht mehr.

Anders' Rückkehr verursachte genauso viel Getöse wie seine Ankunft am Morgen. Es rumpelte und krachte, und es gab noch ein böses Zischen. Es war nach Mitternacht, und ich wollte gerade zu Bett gehen.

»Wo ist der Scanner?«, fuhr mein Doppelgänger mich grußlos an, als wir uns im Flur in die Arme liefen. Er ähnelte dem Mann in Schwarz mehr, als ich gedacht hatte. Ob ich auch manchmal so schroff war?

Ich muss ziemlich ahnungslos ausgesehen haben, jedenfalls setzte er etwas freundlicher hinzu: »Das Telefon, das ich dir mitgegeben habe.«

Daran hatte ich den ganzen Tag nicht mehr gedacht. Ich fingerte das Gerät aus der Tasche und gab es ihm zurück.

Während Anders flink auf die Tastatur tippte und zwischendurch immer wieder aufs Display sah, zog ich ihn in die Küche und ließ ihn aus dem Fenster sehen. Der Gorilla saß noch im Buswartehäuschen. Er konnte von Glück sagen, dass die meisten Häuser in diesem Neubaugebiet noch nicht bewohnt waren. Sonst hätte längst jemand die Polizei gerufen.

Ich erzählte ihm von dem Besuch der drei Männer in Schwarz.

Anders grinste.

»Das hast du gut gemacht.«

Wir gingen zurück ins Wohnzimmer. Anders setzte sich aufs Sofa und forderte mich mit einer nonchalanten

Handbewegung auf, es ihm gleichzutun. Es schien ihm nichts auszumachen, dass man ihn verfolgte.

»Sie haben dich als Dieb bezeichnet.«

»Da haben sie recht. Ich bin hier, um einen Barren Platin zu klauen«, sagte er mit einem Grinsen.

Empört sprang ich auf.

»Ich geh' zur Polizei.«

Anders zog mich wieder neben sich aufs Sofa.

»Einmal abgesehen davon, dass ich das verhindern würde… Was glaubst du denn, was passiert? In deinem Wohnzimmer steht eine Maschine, die es nicht geben dürfte, und der Kriminelle, der aussieht wie du, taucht in keiner Datenbank auf – da fahren die doch das ganz große Programm auf mit Geheimdienst und so. Aus der Nummer kommst du nicht raus. Also, beruhige dich und hör' mir zu.«

Er zeigte mit der rechten Hand auf den Buffetschrank mit den Gläsern, der an der gegenüberliegenden Wand stand. »Gibt es hier noch was zu trinken? Reden trocknet die Kehle aus.«

Es folgte ein längerer Vortrag, bei dem Anders vor der Maschine auf und ab ging und gelegentlich an seinem Glas Rotwein nippte. Seine Ausführungen kamen mir ähnlich konfus und unverständlich vor wie die am Vormittag, aber es war klar, dass es an mir und nicht an Anders lag.

Diese Geschichte war nicht weniger phantastisch. Von seiner Welt, erzählte Anders, hatte sich die Welt der Männer in Schwarz vor einigen Jahrzehnten abgespalten. Es gab Anzeichen, dass sie wieder verschwinden würde. Das wollten die Auftraggeber der Schwarzen verhindern. Deshalb hatten sie eine Maschine entwickelt, die nach den gleichen Prinzipien funktionierte wie Anders' Weltendroschke. Für ihren Betrieb war eine größere Menge des sehr seltenen Platinisotops 190 nötig. Weil die eigenen Vorkommen nicht reichten, bedienten sich die Schwarzen in der Welt von Anders, wodurch der Komplott aufgeflogen war. Daraufhin bauten die Wissenschaftler in Anders' Welt ebenfalls eine Maschine, um die Maschine der Schwarzen zu neutralisieren. Damit die funktionierte, brauchten sie das Platin unserer Welt.

»Rate mal, wo das Zeug auf mich wartet?«, frage er schließlich und setzte sich wieder aufs Sofa.

Ich konnte es mir denken. Die Neo-Degussa, wo am Sonntag meine Komposition aufgeführt werden sollte, war ein Unternehmen, das seit ewigen Zeiten mit Edelmetallen handelte. Anders erzählte mir, dass man dort seit einigen Jahren einen Zwei-Kilo-Barren zur Schau stellte. Den könne er sich bequem in die Tasche stecken.

»Der Scanner...?«

»Dient dazu, sich in das Sicherheitssystem einzuhacken. Ich kann da jetzt so reinmarschieren. Deshalb werde ich dich am Sonntag begleiten.«

Mir war das nicht geheuer. Ich wusste nicht, was ich glauben sollte. Außerdem fühlte ich mich ausgenutzt. Es war alles so unwirklich, aber zugleich von einer unleugbaren Realität. An der Parallelwelt gab es keine Zweifel. Ich brauchte nur die Maschine vor mir anzusehen, und meine beiden Doppelgänger waren auch keine Einbildung.

Aber was war mit der Geschichte vom Weltuntergang, die mir Anders auftischte? Sie war zu fantastisch, um als Ausrede für einen simplen Diebstahl zu dienen. Das machte sie nicht glaubhafter. Die Aussicht, dass eine

Welt sich einfach auflösen sollte, war schrecklich. Dabei hatte ich keine Vorstellung davon, wie das geschehen konnte.

»Es ist spät. Lass uns schlafen gehen. Du kannst es dir hier auf dem Sofa bequem machen.«

Bevor ich mich ins Bett legte, sah ich noch einmal vors Haus. Das Buswartehäuschen war verlassen, die Straße menschenleer, soweit das im Licht der Laterne zu erkennen war. Mein zweiter Doppelgänger hatte wohl eingesehen, wie nutzlos es war und seinen Gorilla abgezogen.

Hinter der Stadt war ein Unwetter aufgezogen. Blitze und Wetterleuchten erhellten gewaltige dunkle Wolkenlandschaften, die in rasender Bewegung waren, als quoll etwas aus einer unbekannten Quelle in den Himmel. So etwas hatte ich noch nie gesehen. Ich lauschte nach dem Donner, konnte aber nichts hören.

Ich wachte auf, weil ich das Gefühl hatte, mich aufzulösen. Mein Puls raste, ich hatte Mühe, mich zurechtzufinden. Erschrocken stand ich auf und sah wie von einer Ahnung getrieben aus dem Fenster. Das Unwetter hing noch immer im Westen wie eine gewaltige Drohung über der Stadt. Die Luft schien zu knistern. Aber im Osten war die Wolkendecke aufgerissen, und der fast volle Mond leuchtete am tiefschwarzen Himmel.

Es war wie ein merkwürdiger Traum. Der Trabant hatte eine hellrote Färbung angenommen, und über seine Oberfläche huschten dunkle Schatten. Irgendetwas passierte dort. Es war faszinierend und erschreckend zugleich. Ich dachte sofort an die Weltuntergangsprophezeihungen, die alle Nase lang durchs Internet geisterten. Da hatte ich mal etwas von einem Blutmond gelesen, der das Weltgericht einläutet. Stand das nicht sogar in der Bibel?

Für heute war kein Weltuntergang angekündigt. Für meinen Geschmack war ohnehin genug Ungewöhnliches passiert, da brauchte es nicht auch noch einen Weltuntergang.

Ich hörte unten etwas poltern. Anders war offenbar ebenfalls wach geworden. Vielleicht war er im Dunkeln gegen irgendetwas gestoßen und hatte etwas umgeworfen. Ich überlegte, runterzugehen und nach ihm zu sehen, aber der Anblick des Mondes ließ mich nicht los. Erst als eine große, dicke Wolke ihn meinen Blicken entzog, wandte ich mich ab und legte mich wieder hin. Auch von unten kamen keine Geräusche mehr. Alles war friedlich.

Heute

Als ich am Morgen ins Wohnzimmer kam, hantierte Anders mit einer Reihe von Geräten, die er vor sich auf dem Boden ausgebreitet hatte. Der Fernseher lief. Wie er es geschafft hatte, ihn ohne Anleitung zum Laufen zu bringen, war mir ein Rätsel.

»Heute Nacht sind überall merkwürdige Dinge passiert. Das bedeutet nichts Gutes«, sagte er und deutete auf den Fernseher. Er hatte einen Nachrichtensender eingeschaltet. Ein Mann, der vor einem mir unbekannten, exotisch aussehenden Gebäude stand, redete unaufgeregt in die Kamera. Der Ton war abgeschaltet. Am unteren Bildschirmrand zog ein Laufband vorbei: »Unerklärliche Phänomene rund um den Globus«.

»Der Mond sah heute Nacht seltsam aus.«

Anders nickte. »Ich hab's gesehen«, erwiderte er, dann widmete er sich wieder seinen Geräten.

Allmählich wurde es mir zu bunt. Ständig musste ich ihm alles aus der Nase ziehen. Dass er mehr wusste, als in den Nachrichten kam, war nicht zu übersehen.

Ich baute mich zwischen seinen Geräten auf.

»Raus mit der Sprache, was ist los?«

Anders musterte mich mit einem Blick, der mir Angst machte. Von seiner sonst so lockeren Art war im Moment nicht viel zu bemerken.

»Ich fürchte,« sagte er und stockte, »ich fürchte, unsere Freunde haben ihr Maschine in Gang gesetzt, vermutlich zum Testen. Ich verstehe bloß noch nicht, warum sich das hier auswirkt. Wegen dieser Störungen kann ich im Moment nicht zurück und meine Leute fragen. Ich muss mich auf jeden Fall beeilen und das Platin besorgen. Sobald es heute Abend dunkel wird, geht's los.«

Für einen Moment hatte ich den Eindruck, dass mir jemand den Boden unter den Füßen wegzog. Mir war, als hätte ich gerade mein Todesurteil gehört.

»Wir lösen uns auf?«

Anders wackelte mit dem Kopf.

»Schwer zu sagen. Ich kann die Phänomene nicht einordnen, sie sind auch schon wieder abgeklungen. Das kann alles Mögliche... Was ist das?«

Er schob mich zur Seite, um einen besseren Blick auf den Fernseher zu haben. Ich drehte mich um und sah eine Frau, die vor der unverkennbaren Skyline von New York einem Mann ein blaues Mikrofon unter die Nase hielt.

»Was meinst du?«

»Na, diese beiden Wolkenkratzer, die wie Zwillinge aussehen.«

Komische Frage. »Das ist das World Trade Center in New York.«

Mein Doppelgänger wurde bleich.

»Ach, du Scheiße. Die stehen noch?«

»Ja, wieso?«

»Mach uns erst mal nen Kaffee«, sagte Anders, statt mir eine Antwort zu geben. Er sah dabei so ernst und besorgt aus, dass ich nicht zu widersprechen wagte. Er setzte sich in die Küche und schwieg, bis ich ihm einen dampfenden Becher hinstellte.

»Also, das ist so: In der Welt, in der ich zu sein glaubte, gibt es das World Trade Center nicht mehr. Es wurde vor einigen Jahren bei einem terroristischen Anschlag zerstört, nachdem zwei entführte Flugzeuge absichtlich in die Gebäude geflogen worden waren.«

Wenn mir jemand diese Geschichte vorgestern erzählt hätte, hätte ich ihn ausgelacht und für einen Spinner gehalten. Aber seit gestern Morgen hatte ich so viel Merkwürdiges erlebt und erfahren, dass ich ihm einfach glauben musste, egal wie absurd die Geschichte auch erschien.

»Und was bedeutet das?«

Anders zuckte mit den Achseln.

»Wenn ich das wüsste. Ich bin ein Agent, kein Wissenschaftler. Es ist offensichtlich, dass sich der Zeitstrom deiner Welt noch einmal geteilt hat. Das muss kurz vor dem Anschlag auf das World Trade Center gewesen sein.«

»Das kommt mir alles vor wie Science-Fiction«, erwiderte ich.

»Science-Fiction? Was ist das?«

Ich musste lachen. Anders war wirklich von einer anderen Welt.

»Na ja, Geschichten, die in der Zukunft spielen oder auf fernen Planeten. Oder in Parallelwelten. Schon mal von Jules Verne gehört?«

»Ach so. Das ist jetzt aber nicht unser Problem.« Anders nahm noch einen großen Schluck aus dem Kaffeebecher.

»Ich muss noch einiges für heute Abend vorbereiten.« Er stand auf und ging zurück ins Wohnzimmer.

Die Plauderstunde war offensichtlich vorbei. Ich langte nach dem Pad, das immer griffbereit auf dem Küchentisch lag, und versuchte, mich über die Ereignisse der vergangenen Nacht schlau zu machen. Es war furchterregend.

In Toronto in Kanada war ein vollbesetzter U-Bahn-Zug bei der Einfahrt in eine Station für einen Moment einfach verschwunden und, als er wieder auftauchte, aus den Schienen gesprungen. Es gab Dutzende Tote und Verletzte. Ich fand das besonders schockierend, weil ich eine Zeit lang dort gewohnt hatte und die U-Bahn-Station sofort wiedererkannte, als ich das Bild auf dem Monitor sah.

In einer russischen Kleinstadt war ein mehrstöckiges Lagerhaus zusammengebrochen, weil sich eine Wand verflüssigt haben soll. In halb Südostasien war der Strom ausgefallen, als ein Kraftwerk zehn Meter tief in den Boden sackte. Außerdem gab es Hunderte von Meldungen über seltsame Leuchterscheinungen und ungewöhnliche Wetterphänomene.

Nach gut einer Stunde war der Spuk vorbei gewesen. Vermutlich hatte Anders recht. Es war nur ein Test. Ich wollte mir gar nicht ausmalen, was noch alles auf uns zukommen konnte.

Den Rest des Tages versuchte ich, mich mit Hausarbeit abzulenken. Ab und zu steckte ich den Kopf ins Wohnzimmer, wo Anders immer noch mit seinen Geräten hantierte.

Am späten Nachmittag stand er vor mir und sagte bloß: »Ich habe wieder eine Verbindung nach Hause. Wir können etwas essen gehen. Ich habe Hunger.«

Zuversichtlich und voller Tatendrang hatte sich Anders nach dem Essen von mir verabschiedet. Er hatte sich in ein Taxi gesetzt, und ich war nach Hause gelaufen.

Ich wartete. Nach zweit Stunden klingelte das Telefon. Am anderen Ende meldete sich eine mir unbekannte Stimme, eine Ärztin aus dem städtischen Krankenhaus.

»Ihr Bruder hatte einen schweren Unfall. Er bat uns, Sie zu verständigen. Er möchte, dass Sie vorbeikommen. Können Sie ein paar Sachen für die Nacht mitbringen?«

Ich wollte der Frau sagen, dass ich keinen Bruder hatte. Aber dann fiel der Groschen. Das musste Anders sein.

»Wie geht es ihm? Was ist passiert?«

»Er ist von einem Auto angefahren worden und hat mehrere Knochenbrüche erlitten. Es geht ihm den Umständen entsprechend gut.« Die Ärztin stockte einen Moment. »Etwas Sorgen bereitet mir allerdings seine Psyche. Er bat mich ausdrücklich, Sie vor den Männern in Schwarz zu warnen. Sie hätten ihn fast erwischt.«

Auch das noch. In was war ich da hineingeraten? Mit dem Telefon in der Hand lief ich zur Haustür und sah hinaus. Niemand da. Das Buswartehäuschen war leer.

Ich verabschiedete mich von der Ärztin und wählte die Nummer von Martha Dirks. Es dauerte eine ganze Weile, bis sie abnahm. Es war schon nach zehn. Wahrscheinlich war sie vorm Fernseher eingeschlafen.

»Ich brauche deine Hilfe. Kannst du gleich vorbeikommen und mich wo hinbringen? Es eilt.«

Martha platzte bestimmt vor Neugier. Aber sie stellte keine Fragen. Sie wusste, dass ich nicht ohne Grund zur Eile drängte.

Es dauerte keine fünf Minuten, bis sie mit ihrem Opel vor der Tür stand und dreimal hupte. Sie wohnte nur ein paar Straßen weiter. Ich hatte kaum Zeit gehabt, das Nötigste für Anders zusammenzusuchen und in eine Tasche zu packen.

Zum Krankenhaus mussten wir quer durch die Stadt. So spät am Tag sollte das kein Problem sein. Es blieb Zeit genug, damit ich Martha erzählen konnte, worum es ging. So ungefähr jedenfalls. Ich sparte mir eine Menge Details, und bei vielem war ich selbst ahnungslos. Ob Martha mir die Geschichte abnahm, konnte ich nicht sagen. Sie wirkte beunruhigt und war bemerkenswert still. Sonst erzählte sie gerne und viel von allerhand Dingen, die keiner hören wollte. Dem konnte man sich normalerweise nur durch Flucht entziehen.

Eine Vollbremsung machte unserer Unterhaltung abrupt ein Ende. Über der Kreuzung vor uns stand eine merkwürdige Leuchterscheinung, ein wabernder Riss im Himmel, aus dem dunkelrote Flammen schlugen. Zwei große Bäume hatten Feuer gefangen und brannten lichterloh. Als ich das Fenster öffnete, spürte ich die Hitze. Ein dumpfes Dröhnen lag in der Luft. Es ging wieder los.

»Das ist unheimlich«, sagte Martha.

»Kümmere dich nicht darum, wir müssen zum Krankenhaus.« Ich hatte Mühe, sie aus ihrer Erstarrung zu lösen.

Etwa ein Dutzend Autos blockierten die Kreuzung. Überall standen Schaulustige herum. Es gab kaum ein Durchkommen. Ich schaltete das Radio ein, in der Hoffnung zu erfahren, was passiert war, aber es gab nur Störgeräusche von sich.

Als wir am Krankenhaus ankamen, rückten gerade drei Krankenwagen mit Blaulicht aus. Der Parkplatz vor dem Haupteingang, auf dem sonst spät abends kaum ein Auto stand, war brechend voll.

Wir hatten Mühe, Anders zu finden. Er lag mit zwei anderen Männern in einem Zimmer. Beide Beine waren eingegipst, und an seinem rechten Arm hatte er einen dicken Verband.

»Gut, dass du kommst. Wer ist das?« Anders versuchte, sich aufzurichten, sackte aber sofort wieder zurück und blieb mit schmerzverzerrten Gesicht liegen. Er machte einen elenden Eindruck.

»Das ist Martha, sie hat mich hierher gebracht.« Ich zog einen Hocker heran, stellte die Tasche ab und setzte mich ans Kopfende des Bettes. Martha blieb an der Tür stehen, als wollte sie Wache schieben.

»Du musst mich hier rausholen.« Anders sprach leise, langsam und stockend. »Ich muss das Platin besorgen. Wir haben nicht mehr viel Zeit. Der Schwarze ist hinter mir her. Er weiß, was ich vorhabe. Er hat mir bei der Neo-Degussa aufgelauert. Ich bin ihm im letzten Moment entwischt, aber dabei vor ein Auto auf die Straße gestürzt.«

»Wie stellst du dir das vor? Sollen wir dich tragen?«

Ich spürte, wie sich ein dicker Kloß im Magen bildete. Die Lage war hoffnungslos. Anders konnte das Krankenhaus unmöglich verlassen und das Platin stehlen. Seine Leute konnten bestimmt keinen anderen schicken, zumal ich nicht einmal wusste, wie man sie verständigen konnte.

Schlagartig wurde mir klar, dass es nur eine Möglichkeit gab. Wohl war mir dabei nicht zumute.

»Ich erledige das für dich. Sag mir, wie ich an das Zeug komme und die Weltendroschke in Gang kriege, damit ich das Platin in deine Welt schicken kann.«

Anders machte keine Anstalten, mich abzuhalten. Ihm musste klar sein, dass er in seinem Zustand nicht in der Lage war, den Auftrag selbst auszuführen. Für einen Moment fragte ich mich, ob ich sein Plan B war. Zuzutrauen war's ihm, aber es spielte keine Rolle mehr.

Ich musste ihm helfen, die Schublade an dem Tisch neben seinem Bett zu öffnen. Dort lag der Scanner, den man im Krankenhaus wohl für sein Telefon gehalten hatte.

»Wenn du den grünen Knopf drückst, hast du genau zehn Minuten Zeit, bevor die Alarmanlage wieder einwandfrei arbeitet. Du kennst dich da ja aus. In der Weltendroschke musst du nur ein Passwort eingeben. Alles andere erklärt sich von selbst.«

Anders schloss die Augen, als wäre alles gesagt. Er schien erschöpft zu sein. Ich berührte ihn vorsichtig am Arm, damit er sich nicht erschreckte.

»Das Passwort.«

Anders sah mich an und lächelte versonnen.

»Undine0611«.

Das waren der Name und der Geburtstag meiner, nein, unserer Mutter.

Das Platin zu stehlen war viel einfacher, als ich gedacht hatte. Im Foyer der Neo-Degussa herrschte Hochbetrieb. Kräftige Männer schleppten Stapel mit Stühlen herein und stellten sie dort in leicht geschwungenen Reihen auf. Techniker verlegten Kabel und richteten Scheinwerfer aus. Der hintere Teil des Foyers mit den Ausstellungsstücken der Scheideanstalt war durch einen schweren Vorhang abgetrennt. Das waren alles Vorbereitungen für das Konzert am Sonntag. Dazwischen standen ein paar Security-Leute, die eher genervt als aufmerksam erschienen. Man setzte wohl auf die hochmoderne Alarmanlage.

Ich hatte keine Mühe, mich einzuschleichen und in die Nähe des Vorhangs zu kommen. Als niemand hinsah, aktivierte ich den Scanner und verschwand hinterm Vorhang. Es dauerte keine zwei Minuten, bis ich die Vitrine mit dem Platinisotop ausgemacht und geöffnet hatte. Der Barren Platin, ein silbergraues Stück Metall, war überraschend schwer. Ich steckte ihn in die Jackentasche und kam wieder hinter dem Vorhang hervor. Mit einem leeren Karton, der in der Nähe herumlag, unterm Arm war ich in Nullkommanichts draußen und saß wenig später in Marthas Opel.

»Wird das alles klappen?«, fragte Mutters alte Freundin. Sie wirkte verängstigt.

Was konnte ich antworten? Ich wusste es nicht, aber im Moment war ich euphorisch genug , um »ja« zu sagen.

Die gute Stimmung verflog schlagartig, als der Opel in meine Straße einbog. Nicht weit vom Haus stand die schwarze Limousine mit meinem zweiten Doppelgänger und seinen Gorillas.

Ich ließ Martha in die nächste Seitenstraße abbiegen. Von dort führte ein Fußweg an meinem Garten vorbei.

Durch die Hintertür betrat ich ungesehen das Haus und ging gleich ins Wohnzimmer. Die Weltendroschke war verschlossen, so wie Anders sie zurückgelassen hatte. Es dauerte eine Weile, bis ich den Öffnungsmechanismus fand und sich die Seitenteile zischend zur Seite schoben. Zugleich gingen Lämpchen an, und der Monitor schaltete sich ein. Ein virtuelles Tastenfeld wurde sichtbar. Der Bildschirm war so angebracht, dass ich es nur bedienen konnte, wenn ich auf dem Sattel saß. Den Platin-Barren legte ich in den Fußraum.

Bevor ich aufsteigen konnte, ging die Türklingel.

Ich rechnete mit Martha, die noch irgendetwas klären wollte wegen des Konzerts am Sonntag. Aber es war mein zweiter Doppelgänger, der mich zornig ansah. Wortlos drückte er die Tür auf, und versuchte, sich an mir vorbeizudrängen. Ich war nicht überrascht genug, dass ihm das gelang, sondern blockte ihn ab. Damit hatte er nicht gerechnet. Er ging einen Schritt zurück.

»Lass mich durch. Ihr habt hier eine Weltendroschke versteckt. Was habt ihr damit vor?«

Als ich keine Anstalten machte, ihn passieren zu lassen, griff er in seine Jackentasche. Unvermittelt blickte ich in die Mündung eines großkalibrigen Revolvers. Die Waffe sah gefährlich aus. Jetzt wurde es brenzlig.

Ich kam nicht dazu zu reagieren. Von der Straße stürmte Martha heran und rammte meinen Doppelgänger. Der ließ vor Schreck die Waffe fallen, die zum Glück nicht losging und bis zur Wohnzimmertür schliddderte, und krachte mit dem Kopf gegen den Schuhschrank, der im Flur stand. Benommen blieb er liegen.

»Danke, gut gemacht.« Ich war sofort wieder im Wohnzimmer und kletterte in die Maschine. Mit zittrigen Fingern tippe ich U – N – D – I – N – E – 0 – 6 – 1 – 1. Die Weltendroschke erwachte zum Leben. Mehrere Lampen blinkten, und über den Monitor huschten lange Zahlenreihen. Ich hörte das leise Surren wieder, das die Droschke bei ihrer Ankunft von sich gegeben hatte. Die Lampen wechselten eine nach der anderen in ein dauerhaftes Grün, und auf dem Monitor erschien ein großer roter Knopf mit der Aufschrift »Start«.

Ich machte Anstalten, aus der Maschine zu klettern, als ein Warnruf von Martha ertönte und es hinter mir polterte. Mein Doppelgänger war zu sich gekommen. Mutters Freundin hing an seinen Beinen. Der Mann robbte sich mit Hilfe der Arme vorwärts auf seine Waffe zu. Wenn er die in die Hände bekam, war alles aus.

»Verschwinde«, rief Martha.

Ich atmete dreimal tief ein und berührte den Monitor. Augenblicklich erschien auf dem Bildschirm eine verschnörkelte Eieruhr, die sich im Raum drehte, und die Seitenflächen der Weltendroschke bewegten sich langsam aufeinander zu.

Mein Doppelgänger schrie laut auf. Mit einer ruckartigen Bewegung befreite er sich aus Marthas Umklammerung, kam auf die Beine und sprang auf die sich schließende Droschke zu. Sein verzerrtes Gesicht war das Letzte, das ich sah, bevor sich der Spalt ganz schloss.

Die Befreiung

Der Würfel aus schwarzem Marmor lag als stumme Provokation vor Vera auf dem Esstisch. Am liebsten hätte sie ihn beiseite gefegt. Aber Mutter hatte ihre Arme wieder an den Lehnen festgebunden, damit sie die Hände nicht zur Hilfe nehmen konnte.

Es war ihre tägliche Übung, so normal wie das Aufstehen oder das Zähneputzen. Vera konnte sich nicht daran erinnern, dass es jemals anders gewesen war. Aber jeden Tag wurde es ihr lästiger, jeden Tag wurde sie ein wenig wütender, weil sie nicht einfach aufstehen konnte und dieser Würfel ihr Leben bestimmte.

Mutter hantierte in der Küche. Vera konnte ihre Silhouette durch die Scheibe der Zwischentür sehen. Sie saß sonst immer stumm mit am Tisch, wenn Vera das Experiment machte.

Es hatte etwas mit Parapsychologie zu tun. Vera verstand nicht, was dieses Wort bedeutete, das ihre Mutter benutzte, aber sie kannte es ihr Leben lang und wusste, was von ihr verlangt wurde. Jeden Tag starrte Vera eine halbe Stunde lang auf diesen Würfel, auf dieses glänzende Schwarz mit der weißer Maserung, weil Mutter glaubte, dass Vera ihn dazu zwingen konnte, sich zu bewegen.

»Als Baby hast du manchmal die Bauklötze fliegen lassen.« Das erzählte Mutter ihr immer und immer wieder. Jedes Mal kramte sie mit strahlenden Augen die alten Fotos hervor. »Du warst so ein süßes Baby.«

Vera sah nur einen hässlichen Moppel, der blöd in die Gegend starrte. Sie hasste die Fotos, sie hasste das Baby. Sie war jetzt elf. Was ging sie das Baby an?

Nur ein Bild hasste sie nicht. Es zeigte einen schlanken Mann, der einen Säugling in den Armen wiegte und ihn zärtlich ansah. Aber Papa war schon lange aus ihrem Leben verschwunden. Darüber sprach Mutter nie.

Vera konzentrierte sich auf den Würfel. Das Mädchen ballte die Fäuste, kniff die Augen zusammen und hielt die Luft an. Das hielt sie ein paar Sekunden durch, dann sackte sie in sich zusammen.

»Mama, das geht nicht«, flüsterte sie.

Vera spürte, dass sich etwas verändert hatte, dass sie sich verändert hatte. Nicht jetzt, nicht plötzlich, sondern allmählich. Dass sie nicht mehr einfach so dasitzen und auf den Würfel starren konnte. Dass sie nicht mehr wollte.

Sie musste lauter gesprochen haben, als sie beabsichtigt hatte, denn jetzt öffnete sich die Tür und Mutters Kopf erschien im dem Spalt. Sie sah ihre Tochter erst vorwurfsvoll an, dann lächelte sie. Mutter hatte ein hübsches Gesicht, feine, dunkle Haare und lachte gerne. Aber sie war streng zu Vera.

»Konzentriere dich, Schatz. Wir sind so nah dran.«

Sie verschwand wieder in der Küche und klapperte weiter vor sich hin.

Vera unternahm noch einen Versuch, aber der Würfel rührte sich nicht einen Millimeter vom Fleck. Wie immer. Vera konnte sich an keinen Tag erinnern, an dem es anders gewesen wäre. Es war sinnlos. Sie hätte heulen können.

»Mama, bind' mich los. Ich mag nicht mehr.«

Vera zerrte an ihren Fesseln und versuchte, sich zu befreien. Sie war nicht kräftig genug. Sie wollte aufstehen, aber sie konnte sich nicht hinstellen, weil sie mit ihren

Füßen nicht auf den Boden kam. Sie zappelte hilflos mit den Beinen. Plötzlich überkam sie eine ungeheure Wut. Sie brach geradezu aus ihr heraus, und mit ihr kam die Erinnerung.

Sie lag in ihrem Bettchen. Die Welt bestand aus Dunkelheit. Sie hatte Hunger, unendlichen Hunger. Und Durst. Sie brüllte und brüllte und brüllte. Sie spürte, wie sie etwas zu fassen bekam, etwas Hartes, Glattes, Eckiges. Sie hob es auf. Ein Spalt Licht erschien und breitete sich aus. Es wurde hell und Mutters ärgerliches Gesicht tauchte über ihr auf. Sie erschrak und ließ los. Etwas polterte zu Boden, und Mutters Augen weiteten sich in maßloser Verblüffung.

Vera schrie, und ihr Geist tastete nach dem Würfel. Er fühlte sich glatt, kalt und schwer an. Sie spürte seine harten Kanten und Ecken, als sie wie mit unsichtbaren Fingern zupackte.

Vera schleuderte ihn mit einer ungeheuren Kraft davon. Als hätte er einen heftigen Stoß bekommen, löste sich der Würfel aus seiner Starre und verwandelte sich in ein Geschoss. Er raste quer durch das Zimmer und durchschlug die Glastür zur Küche. Die Scheibe zersplitterte in Tausend Scherben. Vera hörte einen dumpfen Schlag und sah, wie Mutter sich an den Kopf fasste, bevor sie wie in Zeitlupe zu Boden sank.

Dann war alles still.

Der Kammerjäger

Die Jagd konnte beginnen.

Norro hängte sich den Elektrodenzerstäuber über die Schulter, rückte den Helm, die Gasmaske und seinen Rucksack zurecht und griff nach dem Handstrahler. Der gemauerte Schacht führte nur ein paar Meter in die Tiefe. Die eingelassenen Steigbügel waren solide und gaben seinen Füßen auf dem Weg in den Untergrund Halt.

Von unten stieg ihm der übliche Mief in die Nase, obwohl dieser Abschnitt der Kanalisation schon lange nicht mehr benutzt wurde. Irgendetwas gammelte da immer vor sich hin, ein paar tote Ratten oder anderes Viehzeug, das in den Schacht gefallen war und sich die Knochen gebrochen hatte. Vor ein paar Jahren hatte Norro da unter einen halb verwesten Hund entdeckt. Das war echt krass gewesen.

Der Schacht endete in einer großen Röhre. Hier war der Gestank besser auszuhalten, weil ein leichter Luftzug wehte. Norro schaltete den Scheinwerfer ein und leuchtete um sich. So weit er sehen konnte, war alles trocken und halbwegs sauber. Norro konnte aufrecht darin stehen, wenn er sich in der Mitte hielt.

Zielstrebig setzte er sich in Bewegung. Den nächsten Abzweig erreichte er nach gut 50 Metern. Diese Röhre war kleiner, und Norro zog den Kopf ein. So lange er nicht gebückt laufen musste, war ihm das egal. Kleine Leute hatten hier unten echt Vorteile.

Er ging ein paar Meter in die Röhre hinein und leuchtete den Boden ab. Da war die erste Falle. Er hob den kleinen Metallkasten hoch und schüttelte. Leer. Na, das wäre auch zu schön gewesen, gestand sich Norro ein. Auf zur nächsten.

Dort hatte er mehr Glück. Er hörte das Geklapper schon von Weitem. Hier unten war es extrem ruhig, es gab kaum Geräusche.

»Gotcha, bastard«, stieß Norro hervor. Er nahm den Elektrozerstäuber von der Schulter, richtete das Abstrahlfeld auf die Kiste und drückte den Auslöser. Für ein paar Sekunden lag ein feines Sirren in der Luft, dann hörte das Geklapper in der Kiste auf, und Norro konnte den Finger vom Knopf nehmen.

Das Gerät hatte ganze Arbeit geleistet und die Elektronik der Schabe lahmgelegt. Der Kammerjäger zog den silbern glänzenden Körper aus der Falle. Das Viech war etwa so groß wie seine Hand und rührte sich nicht. Es hatte die Form eines flachgedrückten Ellipsoids. Der Körper war in mehrere Segmente aufgeteilt, die leicht gegeneinander beweglich waren. An der Unterseite jedes Segments hatte die Schabe zwei sehr kurze Beine, auf denen sie sich fortbewegen konnte. Mehr gab es nicht zu sehen.

Die Schaben waren eine Hinterlassenschaft des Sezessionskriegs. Norro wusste nicht genau, wer damals gegen wen kämpfte und warum, es spielte 50 Jahre danach keine Rolle mehr. Die kleinen, autonomen Roboter waren ausgesetzt worden, um das gegnerische Datennetz zu sabotieren. Das taten sie immer noch, obwohl es keine Gegner mehr gab. Ständig brach das Skypenet zusammen, Datenbanken fielen aus der Cloud, und Server wurden ruiniert. Das kam die Kolonie auf Marcy's World teuer zu stehen, und es schien, als hätten sich die Schaben in letzter Zeit vermehrt. Niemand wusste, wie das sein konnte, aber man musste den Tatsachen ins Augen sehen.

Norro drehte die Schabe um und drückte auf eine bestimmte Stelle an der Unterseite des siebten Segments. Ein Stück des Panzers klappte zur Seite und gab den Blick auf eine Schnittstelle frei. Mit einem Kabel schloss er sein Tablet daran an und lud den Inhalt des Arbeitsspeichers komplett herunter. Darin waren sämtliche Bewegungsdaten der Schabe hinterlegt. Damit sollte es möglich sein, die unbekannte Brutstätte zu finden.

Anschließend legte Norro die Schabe auf den Boden und trat kräftig mit der Hacke drauf. Das machte die Viecher endgültig unschädlich. Norro ging wie die meisten seiner Kollegen auf Nummer sicher. Er verstaute die Überreste der Schabe zusammen mit dem Tablet in seinem Rucksack und machte sich auf den Weg zur nächsten Falle. In diesem Abschnitt der unterirdischen Anlage, die zu seinem Bezirk gehörte, war es die letzte. Die Schaben waren mit einem bisschen elektronischen Schnickschnack leicht anzulocken, aber sie verirrten sich nicht oft in die für Menschen zugänglichen Gebiete der Unterwelt.

Die dritte Falle hatte ebenfalls zugeschnappt. »Same procedure«, murmelte Norro und machte mit den hundertfach geübten Handgriffen seine Arbeit. Drei Minuten später war auch diese Schabe nur noch Altmetall.

Er hockte sich mit seinem Tablet auf den Boden und ließ die Daten von Dutzenden von Schaben, die er und seine Kollegen gesichert hatten, durchrechnen. Fasziniert sah Norro zu, wie auf dem Bildschirm verschiedenfarbige Linien verwirrende Muster auf einer Karte von Marcys Unterwelt erzeugten. Jede Linie stellte das Bewegungsmuster einer Schabe im Untergrund dar. An einer Stelle verknäulten sich die Linie regelrecht. Dort mussten die Schaben häufig gewesen sein. Es war nicht weit.

»That's it!« Norro raffte seine Sachen zusammen und machte sich auf den Weg.

Die Röhre endete vor einer Metalltür. Sie war mit zwei großen, drehbaren Riegeln verschlossen und machte einen stabilen Eindruck. Norro hatte keine Ahnung, was er dahinter finden würde. Auf seiner Karte war nur ein großer Raum verzeichnet. Er stand wahrscheinlich seit dem Sezessionskrieg leer.

Norro legte seine Utensilien zur Seite. Den Handscheinwerfer richtete er auf die Tür aus und packte den ersten Riegel mit beiden Händen. Er fühlte sich kühl an. Mit einem Ruck legte er den Hebel um. Metall knirschte auf Metall. Es ging viel leichter, als er gedacht hatte.

Der zweite Riegel machte ihm ungleich mehr Schwierigkeiten. Ihm war, als drückte etwas von der anderen Seite so kräftig gegen die Tür, dass es den Riegel blockierte. Norro zerrte mit aller Kraft an dem Hebel. Die harten Kanten hinterließen schmerzende Spuren in seinen Handflächen. Lange hielt er es nicht aus. Er musste eine Pause einlegen.

Ein Geräusch am Rande des Hörvermögens ließ ihn aufhorchen. Norro legte ein Ohr an die Tür. Tatsächlich, dahinter bewegte sich etwas. Hier war er richtig.

»Great!« Norro rieb sich die Hände. Er schloss die Finger langsam um das Metall, verlagerte sein Gewicht und riss den Hebel zu sich.

Nur für einen Augenblick genoss Norro den Triumph, als sich der Riegel fast wie von allein löste. Er wurde von der aufschlagenden Tür mit großer Wucht zur Seite geschleudert, schlug mit dem Kopf gegen die Wand und verlor das Bewusstsein.

Aus der Türöffnung ergoss sich eine Flut handtellergroßer, metallisch glänzender Körper in die Röhre. Es mussten Zehntausende sein. Sobald sie Kontakt mit dem Boden bekamen, entfalteten sie ihre kleine Beine und wuselten wie befreit davon.

Um Norro kümmerten sich die Schaben nicht.

Déjà-vu

Nur ein paar Mikrosekunden dauerte das Signal, das Robbi mit Schmerzen gleichsetzte. Sein linker Arm erstarrte mitten in der Bewegung. Er hatte die Kontrolle verloren, die Impulse, die die künstlichen Muskeln stimulieren sollten, blieben ohne Wirkung.

Er war dabei gewesen, in der Wohneinheit der Mandeaus Wäsche zusammenzulegen. Jetzt baumelte an seinem linken Arm eine von Felipe Mandeaus Hosen. Vergeblich versucht der Roboter, die Hand zu öffnen. Seine Finger hatten den Stoff fest im Griff. Es gelang ihm auch nicht, sie mit den Fingern der anderen Hand auseinanderzubiegen.

In der Marskolonie war Hausarbeit die Domäne der Roboter. Niemand würde auf die Idee kommen, Putzfrauen hierher zu fliegen, das war viel zu aufwendig und zu teuer. Clark I auf der Südhalbkugel des roten Planeten hatte einige Hundert ständige Bewohner, aber es war eine reine Forschungsstation. Da war für derartigen Luxus kein Platz.

Robbi war ein Roboter mit der Baureihenbezeichnung MR-1X. M bedeutete menschenähnlich, R hieß Roboter, und die Eins wies ihn als Gerät der ersten Generation aus, das X stand für experimentell.

»Unsere Roboter der Baureihe MR-1X sind im begrenztem Maße in der Lage, Gefühlseindrücke zu simulieren, und zu eigenständigen Handlungen und Entscheidungen im Rahmen der ihnen zugewiesenen Aufgaben fähig«, lautete ein Werbetext des Herstellers, den Robbi in den Tiefen seines künstlichen Gedächtnisses gespeichert hatte und bei jeder unpassenden Gelegenheit von sich gab.

Äußerlich ähnelte der Roboter einem Menschen nur bedingt. Der Unterkörper war ein kompakter Zylinder mit acht in alle Richtungen beweglichen Rollen. Darauf saß ein menschenähnlicher Oberkörper, also ein Rumpf mit zwei Armen. Der Kopf, der über den dünnen Hals mit dem Rumpf verbunden war, wies menschliche Züge aus, war aber maskenhaft starr. Die Lippen bewegten sich kaum, wenn der Roboter sprach. Nur die Augen schienen quicklebendig.

Robbis derzeitige Gefühlslage war am besten als Ratlosigkeit zu bezeichnen. Er wusste nicht mehr weiter. Deshalb handelte er jetzt wie eine Maschine. Der Roboter rollte auf seinen acht kleinen Rädern in die Ladestation, die in einem kleinen Lagerraum neben der Schleuse untergebracht war, verschickte einen Statusbericht an seine Eigentümer, die Mandeaus, und setzte sich auf Standby.

Felipe Mandeau, der zu Hause in seinem Arbeitszimmer gesessen hatte, sah sich die Bescherung umgehend an. Er musste grinsen. Der Roboter stand da, als wolle er ihm die Hose reichen.

Fünf Minuten, nachdem sie die Statusmeldung empfangen hatte, rief Joyce Mandeau ihren Mann an. Die Eheleute arbeiteten beide am selben Projekt, aber meistens an unterschiedlichen Orten in der Kolonie. Felipe legte das Gespräch auf das Terminal, das neben Robbis Ladestation an der Wand hing.

»Es wird Zeit, den alten Schrotthaufen loszuwerden, Felipe«, sagte Joyce scharf. Ihr Gesicht auf dem kleinen Bildschirm zeigte Ärger und Entschlossenheit. Sie hatte sich schon häufig über die zunehmende Störanfälligkeit ihres Hausroboters aufgeregt. »Ständig geht was kaputt.«

Felipe seufzte. Er mochte den Roboter, den er von seinem Vorgänger hier auf dem Mars übernommen hatte. Er hatte ihm auch den Namen Robbi gegeben, was Joyce als »kindisch« bezeichnet hatte.

Die Aussetzer waren nie besonders schlimm, und meistens konnte er die Schäden selbst reparieren. In diesem Fall war das nicht so einfach. Das hatte er der Statusmeldung entnehmen können.

»Es sollen gerade neue Modelle von der Erde gekommen sein, habe ich gehört«, fuhr seine Frau fort. »Das ist die Gelegenheit. Kümmerst du dich darum? Und dass die den Schrott gleich mitnehmen, wenn der neue Roboter geliefert wird.«

Felipe seufzte. Er nickte er seiner Frau zu, sagte »Ja, mach ich« und trennte die Verbindung.

Der Türsummer machte sich bemerkbar. Robbi unterbrach seine Arbeit. Er konnte inzwischen wieder fast all seinen Pflichten im Haushalt nachkommen. Felipe Mandeau hatte ihn notdürftig repariert, aber der Roboter konnte den linken Arm nicht mehr ganz ausstrecken, und die Finger ließen sich nur noch langsam bewegen. So musste sich eine Lähmung anfühlen, folgerte Robbi.

Er klinkte sich in den Datenstrom der Außenbeobachtung ein. Sie zeigte den Platz vor dem einzigen Zugang zur Wohnung. Alle Wohneinheiten waren aus Sicherheitsgründen mit Schleusen versehen, falls der Druck in der Hauptkuppel der Kolonie abfallen sollte.

Ein Mann mit einem runden Gesicht und einer Halbglatze starrte direkt in die Schleusenkamera.

»Ja, bitte?« Robbi ließ die Spracheinheit ein wenig säuseln. Der Mann sah aus, als könne es ihm gefallen. An dem Logo, das er an seiner Kleidung trug, war unschwer zu erkennen, dass er vom Zentraldepot kam. Es regelte sämtlichen Importverkehr und organisierte die Versorgung der Kolonie.

»Wollner vom Zentraldepot«, stellte der Mann sich vor. »Ich bringe den bestellten MR-9B-Roboter für Mandeau.«

Ein neuer Roboter? In Robbis Schaltkreisen bildeten sich etwas wie Überraschung aus.

Robbi forderte den Mann auf, die Lieferung in die Schleuse zu stellen und ließ das Schott auffahren.

Als der Mann von der Kamera zurücktrat, um der Aufforderung nachzukommen, sah Robbi den MR-9B. Dieser sah fast aus wie ein richtiger Mensch und war eindeutig männlich. Verglichen mit dem Mann vom Zentraldepot war er ein Schönling, schlank und feingliedrig. Das schwarze Haar war leicht verstrubbelt. Nur das Gesicht wirkte künstlich, und seine Haut hatte einen bläulichen Farbton, wohl damit er mit keinem echten Menschen verwechselt werden konnte.

Im Unterschied zu Robbi war der MR-9B bekleidet. Er trug einen hellbraunen Overall, und seine Füße steckten in einfachen schwarzen Halbschuhen.

»Ich soll einen ausrangierten MR-1X zur Verwertung mitnehmen«, sagte der Mann, während er den Roboter in die Schleuse dirigierte. Robbi ließ das Schott zufahren, sobald der MR-9B in der Schleuse verschwunden war.

»Davon weiß ich nichts.«

Robbis Antwort war wie ein Reflex gekommen. Er verwendete einige Sekunden darauf, diesen Vorgang zu analysieren, kam aber zu keinem Ergebnis. Ein Roboter konnte nicht spontan sein. Wenn er nicht spontan reagiert hatte, sagte ihm die Logik, war die Antwort entweder programmiert gewesen oder er hatte sie sich vorher zurechtgelegt.

»Wie Sie meinen«, erwiderte der Mann. Er konnte nicht wissen, dass er mit einem Roboter sprach. »Sie müssen die Sendung noch quittieren, Ma'am.«

Die Anforderung wurde vom Schleusenterminal übermittelt. Robbi schickte die digitale Signatur der Mandeaus zurück, über die er für solche Zwecke verfügte, und wartete, bis der Mann den Erfassungsbereich der Kamera verlassen hatte.

Er öffnete das Innenschott der Schleuse.

»Oh, eine Antiquität als Empfangskomitee«, schallte es Robbi entgegen, als er auf den Flur zur Schleuse einbog. Der MR-9B hatte eine kräftige männliche Stimme. Er kam ihm mit ausholenden Schritten entgegen wie jemand, dem die Welt gehörte, und blieb dicht vor ihm stehen, weil Robbi den Weg versperrte.

Robbi registrierte, wie der Neue versuchte, sich am Heimnetzwerk anzumelden. Es kostete ihn nur ein paar Millijoule Energie, die Anfrage mit einem »Zugang verweigert« abzublocken. Auch die nächsten zwei, drei Anläufe wehrte er ohne Mühe ab.

»Mach Platz, MR-1X«, forderte der Neuankömmling, »ich bin der neue Gesellschafter von Herrn und Frau Mandeau.«

Gesellschafter war ein Wort, das Robbi noch nie gehört hatte. Es musste es in seiner Datenbank nachschlagen.

»Es ist niemand zu Hause. Du kannst hier warten.«

Robbi bewegte sich keinen Millimeter. Mit seinem stämmigen Körper und dem ein wenig abstehenden linken Arm füllte er den schmalen Gang gut aus. Der viel schlankere MR-9B hätte sich an ihm vorbeiquetschen müssen.

Sein Gegenüber reagierte nicht. Er senkte nur seinen Energieverbrauch, wie Robbi anhand der sich ändernden Wärmesignatur feststellte. Er schien tatsächlich warten zu wollen.

Warum?

Robbi brauchte einige Millisekunden. Der MR-9B war nur etwas eher darauf gekommen.

Er hatte sich selbst neutralisiert. Wenn er verhindert wollte, dass der Neuankömmling in die Wohnung kam, konnte er seinen Standort nicht verlassen. Das nannte man im Schach ein Patt.

Ungeduld gehörte nicht zu den menschlichen Eigenarten, die ein M-Roboter simulieren konnte. Er konnte warten.

Am Abend erlöste Felipe Mandeau die beiden Maschinen aus ihrer Starre.

Robbis Verschrottung wurde aufgeschoben.

»Du gewährst ihm also das Gnadenbrot«, hörte er Joyce Mandeau zu ihrem Mann sagen.

Gnadenbrot, fand Robbi heraus, nannte man es früher auf der Erde, wenn Pferde, eine Nutztierrasse, weiter versorgt und nicht eingeschläfert wurden, obwohl sie nicht mehr arbeitsfähig waren.

Robbi durfte weiter für Sauberkeit und Ordnung im Haushalt der Mandeaus sorgen, soweit das sein lahmer Arm zuließ.

Den Neuankömmling steckte Joyce Mandeau umgehend in einen dunklen Anzug, ließ ihn weiße Handschuhe überstreifen und nannte ihn James. Er sollte sich um die Vorratshaltung kümmern und das Essen servieren. Robbi verbrachte im Auftrag von Joyce fast eine Nacht damit, aus der Unendlichkeit der marsianischen Datenbank eine Kellner-Erweiterung für den MR-9B zu saugen, damit James ihr den Morgenkaffee mit einer schwungvollen Bewegung auf den Frühstückstisch stellte, ohne einen Tropfen zu verschütten.

Robbi hätte das aus anatomischen Gründen selbst mit voll funktionsfähigen Armen nicht geschafft.

Immer sonnabends gab es statt Konserven und Nahrungskonzentraten Salat, Gemüse und Obst aus marsianischen Anbau, für den Joyce Mandeau als leitende Biologin der Station verantwortlich war. Jedes Mal öffnete Felipe dazu ein Flasche Wein aus einem Vorrat, den die Mandeaus von der Erde mitgebracht hatten. »Man gönnt sich ja sonst nichts«, lautete Felipes Antwort, wenn ihn jemand daran erinnerte, wie teuer interplanetarischer Transport war.

Dieses Mal durfte Robbi nicht einmal den Tisch decken. Er rollte in seine Ladestation, stellte seine Audiosensoren auf höchste Empfindlichkeit und wartete.

Es gab die übliche Geräuschkulisse aus den Gesprächen der Eheleute, dem Klappern von Besteck auf Porzellan, Kauen, Schweigen, Stühlerücken und dazwischen das fast unhörbare Sirren, wenn James sich bewegte, benutzte Teller wegräume und neue platzierte.

»James, schenk' uns noch Wein nach«, sagte Joyce mit aufgekratzt klingender Stimme. Robbi konzentrierte seine Sinne.

Er hörte James, der sich dem Tisch näherte, der die Flasche anhob, den Verschluss entfernte, und dann gab es ein lautes Krachen, als habe James die Flasche mit all seiner robotischen Kraft auf die Tischplatte geschmettert.

Das Splittern von Kunststoff vermischte sich mit einem Schrei voll Panik und Erstaunen.

Robbi regelte seine Sensoren auf normale Empfindlichkeit zurück und versetzte sich in den Energiesparmodus, wie er es jeden Abend tat.

James würde sofort wissen, was passiert war. So leicht, wie es für Robbi gewesen war, das Kellner-Modul zu manipulieren, so einfach war es für den MR-9B, die Spur zu ihm zurückzuverfolgen.

Der Gegenangriff erfolgte kurz nach Mitternacht. Robbi, der über das Hausnetz ständig mit allen wichtigen Modulen in der Wohneinheit verbunden war, registrierte eine verschleierte Dateneingabe, die nur von James kommen konnte. Bevor er sie entschlüsselt hatte, schoss die Stromstärke in seiner Ladestation in die Höhe. In letzter Sekunde koppelte er sich von dem Gerät ab und rollte aus der Station. Offenbar hatte der MR-9B einen Kurzschluss herbeiführen wollen.

Der Angriff war dilettantisch, stellte der alte Roboter fest. Er hätte nur einige geringfügige Beschädigungen erfahren, im ungünstigsten Fall wäre die Ladestation unbrauchbar geworden. Das ergab keinen Sinn.

Aber als Robbi versuchte, das eingeschleuste Datenpaket zu analysieren, war es verschwunden. Trotz intensiver Suche fand keine Spur davon. Es war, als habe es nie existiert. Alles hätte danach ausgesehen, als habe es in der Ladestationen einen simplen technischen Defekt gegeben.

Es war sehr wahrscheinlich, dass der Stromanschlag nur ein Test war.

Robbi kannte das Wort, das Menschen dafür verwendeten: Das war perfide.

Kurze Zeit später geisterte das nächste irreguläre Datenpaket durchs Hausnetz. Es öffnete beide Türen der Schleuse gleichzeitig, ohne dass eine Störung angezeigt wurde. James musste die Sicherheitsprozeduren ausgeschaltet haben.

Robbi postierte sich an der Schleuse, falls James vorhatte, etwas von außen in die Wohneinheit der Mandeaus einzuschleusen. Aber es passierte nichts weiter. Auf dem kleinen Vorplatz, um den sich die Schleusen von vier Wohneinheiten gruppierten, gab es keine Bewegung. Nach ein paar Minuten fuhren die Schotten wieder zu.

Dieses Mal war das Datenpaket nicht verschwunden. Aber die Analyse war höchst irritierend für Robbi. Es sah alles danach aus, als habe er die Fehlfunktion selbst verursacht.

Den nächsten Datensatz bemerkte Robbi erst, als dieser sich in seinem Arbeitsspeicher einnistete. Er konnte nichts gegen diesen Angriff tun. Sein Betriebssystem hatte keine Kontrolle mehr über das, was die Peripherie machte.

Robbi verließ den Abstellraum, in dem seine Ladestation stand, und rollte durch den kurzen Flur auf das Schlafzimmer von Joyce und Felipe zu. Seine Linsen erfassten durch die geöffnete Tür zum Wohnzimmer für einen Augenblick James, der in seinem Kellneraufzug reglos in der Dunkelheit stand. Mit der Hand seines funktionsfähigen Arms fasste er den Türknauf und drehte ihn behutsam nach rechts.

Die Tür zum Schlafzimmer war die einzige in der Wohneinheit, die sich nur mechanisch öffnen ließ. Joyce bestand auf dieser Form von Privatsphäre.

Robbi hatte das Schlafzimmer noch nie betreten, wenn die Mandeaus schliefen. Aber er konnte sich problemlos orientieren, er kannte jeden Quadratmillimeter. Er nahm die beiden Körper in den Betten anhand ihrer Wärmestrahlung war. Lautlos rollte er zur rechten Seite, wo Joyce schlief, und positionierte sich genau neben ihr. Ohne dass er etwas tun konnte, hob sich langsam sein rechter Arm. Als er fast senkrecht stand, schaltete sich das Licht an und der Druckabfallalarm ertönte.

Felipe war sofort wach und riss Joyce auf seine Seite. Entgeistert starrte er Robbi an, der mitten in der Bewegung innehielt, als sei die Motorik abgeschaltet worden. Der fremde Datensatz war aus seinem Arbeitsspeicher verschwunden. Robbi hatte sich wieder unter Kontrolle.

Joyce brauchte etwas länger, um wach zu werden. Offenbar hatte sie wieder ein Schlafmittel genommen. Erst als sie sich aus Felipes Griff befreit hatte, sah sie den Roboter, der mit wie zum Schlag erhobenem Arm im Zimmer stand. Mit einem Aufschrei sprang sie über Felipe hinweg aus dem Bett.

»Der Schrotthaufen will mich umbringen.«

Joyce hätte Robbi am liebsten sofort stillgelegt, aber sie wollte nicht, dass die schwere Maschine weiter mit erhobenem Arm neben dem Bett stand. Also schickte Felipe den Roboter in die Ladestation.

Der MR-9B, den das alles nichts anzugehen schien, stand noch immer bewegungslos in der Dunkelheit des

Wohnzimmers. Felipe ließ im Vorbeigehen die Tür zufahren, als habe er für heute genug von Maschinenwesen.

Felipe Mandeau informierte vom Terminal an der Ladestation aus die Zentralverwaltung. An Robbis Verschrottung führte kein Weg vorbei. Ein Roboter, der einen Menschen angriff, war eine Gefahr. Aber vor Montag würde niemand kommen, um ihn abzuholen. Auch bei der Marsverwaltung gab es Wochenenden.

Robbi nutzte die ihm verbliebenen Kapazitäten, um die Lage zu analysieren. Mehr konnte er nicht tun. Felipe hatte ihn in den Wartungsmodus versetzt, der alle Peripheriegeräte deaktivierte. Er konnte sich nicht bewegen, er konnte nichts sehen, hören oder messen. Aber Felipe hatte nicht daran gedacht, ihn vom Heimnetz zu trennen.

James' Signatur nahm er im Netz nur vage wahr. Der MR-9B hatte einen starken Schutzschirm um sich gelegt. Offenbar wollte er verhindern, dass Robbi in sein System eindrang, wie er es getan hatte.

Seine spezielle Programmierung als MR versetzte Robbi in die Lage, neugierig zu sein und Fragen zu stellen. Wie weit wäre der MR-9B gegangen? Hätte er Robbi zuschlagen lassen, obwohl Joyce vor ihm gelegen hatte? Aber er hatte offenbar selbst das Licht angeschaltet und den Alarm ausgelöst.

Allein den Umstand, dass der MR-9B einen Mordversuch inszeniert hatte, überstieg Robbis Handlungsspielräume. War es nicht ein Verstoß gegen das erste Robotergesetz, das verlangte, keinem Menschen Schaden zuzufügen? Joyce Mandeau hätte verletzt werden können. Andererseits hatte er selbst durch seine Manipulation des Kellner-Moduls den MR-9B zu einer gewalttätigen Handlung verleitet.

Erst am nächsten Abend tat sich wieder etwas Verdächtiges im Netz. Die schwache Signatur des MR-9B änderte sich. Der Roboter hatte sich in Bewegung gesetzt und näherte sich langsam dem Lagerraum. Über das Heimnetz aktivierte Robbi die Kamera am Terminal und die Raumbeleuchtung. Viel zu sehen gab es nicht. Nur die Reste des zertrümmerten Esstisches lagerten wie zur Mahnung direkt neben ihm.

Der MR-9B, der noch immer die Kellnerkleidung trug, quetschte sich durch den sich öffnenden Türspalt, sobald er breit genug war. Er schien zu reden. Robbi hatte keine Möglichkeit, die Mikrofone des Terminals anzuzapfen, und konnte auch kein Wort von den Lippen ablesen. Selbst ein fortschrittliches Modell wie der MR-9B hatte keinen Sprechapparat wie der Mensch, sondern erzeugte akustische Emissionen mit Lautsprechern. Die Lippen bewegten sich nur, damit es wie Sprechen aussah.

»Meine Schallrezeptoren sind desaktiviert.« Robbi schickte die Nachricht über das Hausnetz.

James griff auf die Rückseite des alten Roboters und kippte den Schalter für den Wartungsmodus in die Nullstellung.

»Eine akustische Konversation ist nicht sinnvoll«, sagte Robbi, als seine Sprachfähigkeit hergestellt war und er wieder hören und mit den eigenen Linsen sehen konnte.

Der MR-9B machte einen Schritt zurück und hob die Hände, eine Geste, die Robbi als Entschuldigung interpretierte.

»Aber sie hinterlässt im Netz keine Spuren.« Die Stimme war kaum moduliert und klang blechern, als habe James nur die Grundfunktionen aktiviert.

»Warum ist das erforderlich?«

James kam wieder auf Robbi zu, beugte sich nach vorne und senkte seine Stimme, so dass sie nur noch ein Flüstern war.

»Mein Mann hat versucht, mich umzubringen.«

Für ein Elektronenhirn schaltete Robbi langsam. Er brauchte Sekunden, um den richtigen Schluss zu ziehen: Joyce schickte ihm über den MR-9B eine Botschaft.

Der Inhalt der Botschaft war absurd und widersprach jeder Logik. Hatte Felipe Joyce nicht in der vergangenen Nacht aus der Gefahrenzone gerissen, als er zuschlagen wollte? Aber er hatte nicht zugeschlagen. Erneute stellte er sich die Frage, wer das Licht angeschaltet und den Alarm ausgelöst hatte. Es war sicherlich der MR-9B gewesen. Vielleicht hatte er es getan, um die Inszenierung zu beenden oder um Joyce vor dem Schlag zu retten. Beides war möglich.

»Das glaube ich nicht«, antwortete er. Der Teil seines Verstandes, dem er das Attribut »menschenähnlich« zu verdanken hatte, war misstrauisch.

Der MR-9B streckte den linken Arm aus und öffnete die Hand. Darin lag ein Mikrospeicher.

»Ich kann es beweisen.«

Er nahm den Chip zwischen Daumen und Zeigefinger der rechten Hand und führte ihn bei Robbi in den seitlich angebrachten Kartenslot ein. Robbi registrierte einen Strom von Daten, der sich in einen seiner sekundären Arbeitsspeicher ergoss. Er erkannte das Muster sofort. Das war die Datei, die in ihn überspielt worden war, bevor er in das Schlafzimmer der Mandeaus gefahren war. Sie enthielten jetzt noch andere Signaturen. Eine zeigte, dass die Datei auf dem Rechner in Felipe Mandeaus Arbeitszimmer angelegt worden war und zwar im Laufe des Nachmittags.

Robbis analytischer Verstand erkannte das Dilemma. Die Datei konnte echt, aber genauso vom MR-9B gefälscht worden sein. Es gab keine Sicherheit. Wie bei der Sache mit dem Licht. Wahr oder falsch, 0 oder 1, hell oder dunkel. Auf Grund der ihm zur Verfügung stehenden Informationen konnte er keine Entscheidung fällen.

Er musste Joyce sprechen.

Wieder verließ Robbi mitten in der Nacht den Lagerraum mit der Aufladestation und rollte durch den kurzen Flur zum Schlafzimmer von Felipe und Joyce Mandeau. Der MR-9B folgte ihm.

Vorsichtig drehte Robbi den Knauf und schob die Tür auf. Dieses Mal empfing ihn keine Dunkelheit. Auf einem Regal, das Joyce Mandeau als Frisiertisch diente, leuchtete schwach eine Lampe. Joyce und Felipe schliefen offenbar tief und fest. Sie waren unter ihren Decken kaum zu sehen. Nichts deutete darauf hin, dass Felipe seiner Frau Böses wollte.

Robbi rollte auf die rechte Seite des Bettes, um Joyce zu wecken. Er kam nicht dazu. Stattdessen beobachtete er, wie sich sein funktionsfähiger Arm ohne sein Zutun langsam hob. Er konnte nichts tun, er hatte keinen Kontakt mehr zu seinen Extremitäten, auch sein Sprachmodul konnte er nicht ansteuern, um Joyce zu wecken. Die Verbindung zum Hausnetz war gekappt. Er blickte sich nach James um. Der MR-9B stand noch in der Tür und machte keine Anstalten näherzukommen.

Kaum hatte der erste harte Schlag sein Ziel gefunden, erkannte Robbi, dass er getäuscht worden war. Als die Decke verrutschte, starrte ihn Felipe mit toten Augen an.

Kurze Unterbrechung

Karl wischte sich den Schweiß von den Händen. Er spürte die Anspannung bis in die Fingerspitzen. Er blickte zu Giorgina hoch und sah nichts als Zustimmung. Sie nickte. Ein Lächeln verschönerte ihr hübsches Gesicht. Langsam senkte sich der Mittelfinger seiner rechten Hand auf die Enter-Taste des Laptops.

Ein letztes Zögern. Er lauschte in sich hinein. Er spürte keine Zweifel. Er war sicher, das Richtige zu tun.

»Jetzt!«

Entschlossen stieß er zu, als wolle er den Finger durch die Tastatur bohren.

Über den Bildschirm, auf dem bis dahin nur die klassische Eingabeaufforderung C:\> und »abschalten.bat« zu sehen waren, ergoss sich eine Flut von Zeichen, so dass seine Blicke ihnen nicht folgen konnten. Sie verstehen zu wollen, wäre ohnehin sinnlos gewesen. Es war reiner Programmcode, der ins Citynet floss.

Es würde nur ein paar Minuten dauern, bis ihr kleines Programm die Stadt lahmlegte. Das Citynet war das Nervensystem der Stadt. Es versorgte sie mit Strom und Informationen, wie ein Pilzgeflecht hatte es sich immer weiter ausgebreitet. Sogar sein Kühlschrank zu Hause war mit ihm verbunden.

Karl hatte jahrelang daran mitgewirkt, das Netz zu hegen und zu pflegen. Die Citynet GmbH & Co. KG bot krisensichere Arbeitsplätze, genau das, was ein junger, verantwortungsbewusste Familienvater brauchte. Aber er hatte sich eines Tages in seinem übervollen Stammcafé zu Giorgina an den Tisch gesetzt, einer lebenslustigen jungen Frau, die sich leidenschaftlich empören konnte, wie Karl später feststellte.

Karl verbrachte dort meistens seine Mittagspause. Es war das einzige Café in der Nähe, in der das menschliche Personal noch nicht von Androiden verdrängt worden war. Deshalb war es immer voll.

»Stoppt die Roboter!« hatte Karl auf einem großen Anstecker an Giorginas Pulli gelesen. Darüber waren sie ins Gespräch gekommen, und jetzt war es ihr gemeinsamer Slogan geworden.

Giorgina hatte den Plan ausgeheckt. Roboter und Androiden fand sie pervers. Sie hatte es gerne, wenn Menschen um sie herum waren, und sei es nur der Kassierer an der Supermarktkasse.

»Man müsste einfach mal alle Roboter abschalten, vielleicht wachen die Leute dann auf«, hatte Giorgina gesagt, als sie sich ein paar Tage später wieder getroffen hatten. Sie sagte »Robótter« mit Betonung auf der zweiten Silbe, das hatte Karl sofort gefallen.

Giorgina hatte sich wenig Gedanken darüber gemacht, was man damit anrichten würde. Roboter gab es an jeder Ecke. Sie schenkten Bier in Bars aus, saßen an Supermarktkassen und sammelten den Müll ein. Sie packten in Altenheimen mit an und kontrollierten die Fahrscheine in der S-Bahn. Sie versorgten Kranke und regelten den Verkehr. Alles kontrolliert und gesteuert über das Citynet.

»Roboter sind doch ganz nützlich. Wer will denn noch zur Müllabfuhr oder im Altenheim Windeln wechseln? Wie sollte die Gesellschaft ohne sie funktionieren?«

Aber Giorgina war stur und fand keines seiner Argumente stichhaltig.

»Wenn du Roboter so toll findest, warum kommst du immer hierher?«, fragte sie und wies mit dem Daumen auf ein Schild, das hinter ihr über dem Tresen hing: »Garantiert menschlich«.

Diese Frage brannte sich ein.

Karl erinnerte sich gut daran, wie die ersten Exemplare aufgetaucht waren, grobe Gestalten aus Metall, an denen vielen Kabel hingen. Als Jugendliche hatten sie sich einen Spaß daraus gemacht, sie ins Stolpern zu bringen. Es war ein Kinderspiel. Aber die Roboter wurden immer perfekter. Die neuesten Modelle waren kaum noch von Menschen zu unterscheiden und ersetzten sie an immer mehr Stellen.

Karl wusste vom ersten Tag an, dass die Empfangsdamen in der Citynet-Zentrale nicht aus Fleisch und Blut waren. Solange sie ihn nur jeden Tag mit puppenhaftem Gesicht und einem »Guten Morgen, Karl« begrüßten, hatte es ihn nicht gestört. Aber als sie eines Tages ausgetauscht wurden und fast aussahen wie seine Frau Franziska, hatte Giorgina gewonnen.

»Ich kann ein Programm schreiben, dass das Citynet für kurze Zeit lahmlegt.«

An diesem Tag hatte sie ihn geküsst.

Die Zahlenflut auf dem Bildschirm endete abrupt. In der letzten Zeile stand jetzt »STOPPT DIE ROBOTER! gez. Die Menschen«.

»Kein Anschlag ohne Bekennerschreiben«, sagte Giorgina. Die Signatur war ihre Idee gewesen.

Karl klappte den Rechner zu und erhob sich. Er deutete auf die nackte Glühbirne, die den kleinen Kellerraum in grellweißes Licht tauchte.

»Raus hier. In zwei Minuten geht das Licht aus, und wir können nichts mehr sehen.«

Der Stromausfall war unvermeidlich, um einige Sicherheitssysteme auszuschalten. Es würde ohnehin nicht lange dauern, bis die Notfallprozeduren griffen und alles wieder normal lief. Eine halbe Stunde vielleicht, schätzte Karl.

Er umarmte Giorgina, als sie draußen in der Nacht standen.

»Ich bin gespannt auf die Reaktionen. Morgen sieht die Welt bestimmt ganz anders aus.« Ihre Augen leuchteten.

»Ich muss los. Komm gut nach Haus. Und sei vorsichtig.«

Karl schwang sich auf sein Fahrrad und fuhr in die Nacht hinein.

Er hatte kaum 50 Meter zurückgelegt, als die Straßenbeleuchtung ausging. Karl sah nur noch den fahlen Fleck, den die Fahrradlampe auf dem feuchten Asphalt hinterließ. Er kannte die Gegend gut, aber jetzt zuckte er jedesmal zusammen, wenn vor ihm im funzeligen Scheinwerferlicht ein Straßenschild oder ein Laternenmast auftauchte. Einmal huschte eine Ratte über die Straße.

Als er an der Unterführung hinterm Stadion vorbeikam, konnte er die Silhouette der S-Bahn sehen, die sich vor dem wolkenverhangenen Himmel abzeichnete. Sie war auf der Brücke stehengeblieben, als er Strom ausgefallen war. Karl hörte Stimmen, und irgendjemand ging mit einer Taschenlampe die Gleise entlang.

Ein paar Hundert Meter weiter lag ein Krankenwagen mit eingeschaltetem Blaulicht im Graben. Das Martinshorn hatte Karl schon von Weitem gehört.

Er bremste ab und sprang vom Rad.

Ein junger Mann in einem weißen Krankenpflegerkittel beugte sich über eine Frau in rot-weißer Sicherheitskleidung, die mit blutverschmierten Gesicht auf dem Beifahrersitz saß. Sie stöhnte. Der Mann redete auf sie ein.

»Was ist passiert? Kann ich helfen?«

Der Krankenpfleger sah auf und schüttelte den Kopf.

»Der Drivebot ist einfach ausgefallen, und wir sind aus der Kurve geflogen. Sie muss ins Krankenhaus, sie ist nicht bei Bewusstsein. Tut's Ihr Handy? Ich kann keine Hilfe anfordern, der Funk ist tot. Macht keinen Pieps.«

Scheiße, dachte Karl.

Mit zittrigen Fingern kramte er sein Smartphone aus der Tasche und schaltete es ein.

»Kein Netz«, sagte er. Natürlich nicht. Er hatte es selbst abgeschaltet.

Der junge Mann redete weiter, wahrscheinlich stand er unter Schock. Karl hörte nicht zu. Er steckte sein Telefon ein und stieg aufs Rad.

»Ich werde sehen, ob ich da hinten ein Netz finde, und sage der Leitstelle Bescheid.«

Karl kam sich schäbig vor. Er wusste, dass es für die Frau erst einmal keine Hilfe gab.

Hoffentlich hielt sie durch.

Während er in die Pedale trat, beruhigte sich Karl wieder. Er versuchte, seine Gedanken in ordentliche Bahnen zu lenken.

Sie setzten jetzt also Fahrroboter für Krankenwagen ein. Das war ihm neu, wunderte Karl aber nicht. Giorgina und er hatten das Ganze nicht bis zum Ende durchdacht. Er hatte seine Bedenken nicht mit Nachdruck vorgebracht, weil er zu sehr von Giorginas Leidenschaft und ihrem Durchsetzungswillen fasziniert war. Es war wohl auch die Angst, dass sie nichts mehr mit ihm zu tun haben wollte, wenn er standhaft bei seiner Haltung blieb. Ein solcher Unfall hätte nicht passieren dürfen. Wenn die Frau starb, hatten sie ein Menschenleben auf dem Gewissen.

Karl öffnete vorsichtig die Haustür.

»Franziska? Ich bin's.«

Keine Antwort. Alles war ruhig. Karl hörte nur das Ticken der Wanduhr im Flur.

Bestimmt lag Franziska schon im Bett. Oder seine Frau war vor dem Trivid eingeschlafen und hatte nicht mitbekommen, dass der Strom ausgefallen war. Sonst hätte sie Kerzen angezündet. Aber es war überall stockdunkel.

Er schaltete die Taschenlampe an, die er aus der Garage mitgebracht hatte, und richtete den Strahl auf die Uhr, die er von seiner Mutter geerbt hatte. Sie musste noch von Hand aufgezogen werden. Es war weit nach Mitternacht. In ein paar Minuten würde wieder Strom da sein.

Franziska hatte von seinen Anschlagsplänen keine Ahnung. Er hatte seine Familie da nicht reinziehen wollen. Seine Frau hätte versucht, es ihm auszureden. Vielleicht wäre sie zur Polizei gegangen oder hätte zumindest damit gedroht. Auch über Giorgina hatte Karl kein Wort verloren.

Karl warf einen Blick in die Küche. Alles tot, auch die blaue Citynet-LED am Kühlschrank, die üblicherweise die Küche in ein gespenstisches Licht tauchte. Weil es ihn störte, hätte er sie längst überklebt. Franziska wollte es nicht. »Wie sieht das aus?«, hatte sie gesagt.

Im Wohnzimmer fielen ihm als erstes ein fast volles Glas Rotwein, das auf dem Couchtisch stand, und einige auf dem Boden verteilte Zeitschriften auf. Vom Sofa hing eine Wolldecke herab. Diese Unordnung passte nicht zu Franziska. Sie räumte auf, bevor sie ins Bett ging.

Karl ließ den Lichtstrahl der Taschenlampe durch den Raum kreisen. Es war alles wie immer.

Er fand sie im Esszimmer. Sie lag seltsam verkrümmt auf dem Boden, als sei sie einfach zusammengebrochen. Karl ließ die Lampe fallen, stürzte zu ihr, kniete sich neben sie, strich ihre Haare aus dem Gesicht. Sie sah aus, als schliefe sie.

»Franziska, hörst du mich?«

Keine Reaktion. Vielleicht war sie in Ohnmacht gefallen.

Karl stupste sie sanft am Oberarm. Weil sie sich nicht rührte, packte er sie an den Schultern und schüttelte sie immer heftiger. Es fühlte sich merkwürdig an.

Karl spürte, wie Panik in ihm hoch kam. Er griff nach ihrer Hand und fühlte den Puls. Da war nichts. Er atmete tief ein und aus und legte zwei Finger an die Stelle, an der Franziskas Halsschlagader liegen musste. Wo er gehofft hatte, das Schlagen ihres Herzens zu spüren, war nichts.

»Mein Gott«, stieß Karl hervor. Irgendwas oder irgendwer hatte sie umgebracht, und es war noch nicht lange her. Karl sprang auf, griff zur Taschenlampe, und hastete die Treppe hoch. Als er ins Kinderzimmer kam, hörte er das Rascheln der Bettdecke. Abby lebte. Seine

Tochter bewegte sich im Schlaf, als träumte sie. Für einen Moment richtete er das Licht auf sie. Mehr als ein paar blonde Haare waren nicht zu sehen.

Ein wenig erleichtert, dass seiner Tochter nichts passiert war, ging Karl nach unten. Er holte die Decke aus dem Wohnzimmer und deckte Franziska zu. Er schaltete die Taschenlampe aus und saß weinend neben seiner Frau.

Wie gelähmt starrte er in die Dunkelheit. Minutenlang war er zu keinem Gedanken fähig.

Bis das Licht anging. Es war wieder Strom da. Von irgendwoher kam ein leises Piepen, das Karl nicht gleich einordnen konnte. Er lauschte angestrengt und fuhr zusammen, als es neben ihm raschelte. Unter der Decke, mit der er Franziska zugedeckt hatte, bewegte sich etwas.

Karl sprang erschrocken auf. Sein Herz schlug bis zum Hals.

»Was ist...« Er verstummte. Franziska richtete sich stocksteif auf, die Decke rutschte zur Seite. Ihre Augen waren weit aufgerissen, auf ihrer Stirn schimmerte es blau, als ob hinter der Haut eine Lichtquelle wäre. Das Piepen wurde lauter, es schien aus ihrem Körper zu kommen.

»Restrukturierungsprozedur angelaufen. Bitte schalten Sie die Einheit nicht ab, bevor der Vorgang abgeschlossen ist. Das kann einige Minuten dauern.«

Interview mit mir selbst – statt eines Nachworts

Frage: Für einen literarischen Newcomer bist du ziemlich alt. Warum hast du dieses Buch jetzt veröffentlicht?

Antwort: Meine Lebensgefährtin hat mir eines Tages ein Romanmanuskript in die Hand gedrückt, an dem sie über Jahre heimlich geschrieben hatte, ohne dass jemand davon wusste. Da hat mich der Ehrgeiz gepackt, und ich habe angekündigt, ebenfalls ein Buch zu schreiben, und ihr gesagt, mal sehen, welches Buch als erstes erscheint. Es war nicht mein erster Versuch, aber mir fehlte wohl der richtige Ansporn. Außerdem hatte sich mittlerweile meine Einstellung geändert.

Frage: Wie das?

Antwort: Ich habe früher glaubt, ich müsste als Autor auf demselben Niveau schreiben, das ich als Leser bevorzuge. Das ist mir nicht gelungen. Ich bin nicht Philip K. Dick oder Stanisław Lem. Aber seitdem ich engeren Kontakt zum Science-Fiction-Fandom habe und einige Autoren und Verleger persönlich kenne, sehe ich das viel lockerer. Die Szene ist sehr offen, der SF-Fan liest literarisch anspruchsvolle Sachen genauso gerne wie Heftchenromane, da wird man nicht schief angeguckt, wenn man eher am literarisch anspruchslosen Ende der Skala schreibt. Die Fans wollen vor allem gut unterhalten werden.

Frage: Darauf kommt es also an, auf gute Unterhaltung?

Antwort: Natürlich. Die meisten Leute wollen sich doch beim Lesen nicht die Laune verderben lassen oder stundenlang über irgendwelche vertrackten Sätze grübeln. Die gibt es auch, aber die sollten eher nicht zu einem Buch mit SF-Kurzgeschichten greifen.

Frage: Wie bist du das Projekt angegangen?

Antwort: Ich wollte zunächst einen Roman schreiben, eine Abenteuergeschichte, und es sollte Science-Fiction sein. Ich hatte schon ein längeres Exposé geschrieben und wusste, wer die wichtigsten Figuren und welches die wichtigen Schauplätze sind. Aber ich habe schnell gemerkt, dass mir neben meiner eigentlichen Arbeit bei einer Tageszeitung zu wenig Zeit und Muße zum Schreiben längerer Texte bleibt. Ich schreibe zwar schnell, aber ich brauche einen ziemlichen Anlauf, bevor ich loslegen kann. Deshalb ging's bei der knappen Zeit nicht richtig voran.

Frage: Deswegen bist du auf Kurzgeschichten umgestiegen?

Antwort: Genau. Da musste ich nicht so kontinuierlich arbeiten wie an einem Roman. Mir waren bei den Vorarbeiten für den Roman einige alte Texte in die Hand gefallen. Außerdem hatte ich schon einige Ideen, die ich nie umgesetzt hatte. Das bildete den Grundstock für die Sammlung. Die Geschichten sind ja alle sehr kurz, die meisten habe ich mehr oder weniger in einem Rutsch geschrieben.

Frage: Das ist ein bunter Strauß geworden.

Antwort: Stimmt. Einige Geschichten sind eher Slapstick, die nur Spaß machen sollen. Die kann man nicht mal ansatzweise ernst nehmen. Ich hoffe, die Leser finden sie so witzig wie ich. Die meisten Storys sind aber von der Erzählweise sehr realistisch. Ich bevorzuge Geschichten, in denen die Motive und Handlungen der Protagonisten nachvollziehbar sind, in denen normale Menschen mit ganz handfesten Problemen konfrontiert werden. In durchgeknallte, drogensüchtige Cyborgs mit Ödipus-Komplex kann ich mich nicht hineinversetzen, und dass Leute ständig über die Welt, ihre Vergangenheit oder sonst was reflektieren, während sie mit einem Raumschiff durch die Gegend schippern und ihrer Arbeit nachgehen, glaube ich auch nicht.

Frage: Was war die größte Herausforderung?

Antwort: Ich habe es als besonders schwierig empfunden, etwas Originelles über die erste Begegnung zwischen Menschen und Außerirdischen zu schreiben und das in so kurzer Form. Der Erstkontakt ist ein epochales Ereignis, das sollte in einer Geschichte zum Ausdruck kommen. Oder man macht es flapsig wie in »Prima Volta«. Das ist aber ein bisschen wie Wackelpudding, der hat auch wenig Substanz. Manchmal waren auch die Geschichten störrisch.

Frage: Was soll das heißen?

Antwort: Ich habe hin und wieder gemerkt, dass die Geschichte nicht so funktioniert, wie ich mir das vorgestellt habe. Dann musste ich sie anders schreiben oder verwerfen. Es ist erstaunlich, was für ein Eigenleben eine Geschichte oder ein Charakter entwickeln kann, das hat man als Verfasser nicht im Griff. Das ist manchmal frustrierend, macht das Schreiben aber auch spannend.

Frage: Das Buch hast du als Selfpublisher veröffentlicht. Hast du keinen Verlag gefunden?

Antwort: Ich habe nicht danach gesucht. SF-Kurzgeschichten sind ein extremes Nischenprodukt, etwas für

Kleinstverleger, die davon auch nur ein paar Dutzend Exemplare an den Mann bringen würden. Da kann ich es gleich selbst machen, zumal mir fast dieselben Vertriebswege zur Verfügung stehen. Die Szene ist so überschaubar, dass man sich schon verstecken muss, um nicht wahrgenommen zu werden. Das Selfpublishing hat den Makel, den der Selbstverlag noch vor ein paar Jahren hatte, verloren. Früher wurden solche Bücher nur mit der Kneifzange angefasst, wenn man davon überhaupt etwas mitbekommen hat.

Frage: In der Mitte des Buchs sind einige ganz kurze Text, die du mit Flash Fiction bezeichnest. Was hat es damit auf sich?

Antwort: Flash Fiction ist eine von vielen Bezeichnungen für extrem kurze Geschichten, die auf das Allernötigste reduziert sind. Das Bestreben ist, so wenig Wörter wie möglich zu verwenden, aber beim Leser das Kopfkino in Gang zu setzen. Als Erfinder gilt Ernest Hemingway mit dieser Geschichte: »For sale: baby shoes, never worn«. Ich habe gelesen, dass das eine Legende ist. In den USA hat sich aber daraus eine richtige Six-word-Szene entwickelt, die ihrem großen Vorbild nacheifert. Auf Deutsch ist die Geschichte nur fünf oder gar nur vier Wörter lang: »Zu verkaufen: Babyschuhe, nie getragen« oder »Zu verkaufen: Babyschuhe, ungetragen«. Man könnte sie sogar auf drei Wörter reduzieren: »Abzugeben: Babyschuhe, ungetragen«. Es müssen nicht nur sechs Wörter sein, das ist extrem. Hundert sind ein akzeptabler Wert.

Frage: Du hat das Cover selbst gestaltet. Da kommt ein Astronaut im Raumanzug auf uns zu. Das erinnert ein wenig an das Plakat zum Film »Interstellar« von 2014.

Antwort: Das ist mir auch aufgefallen. Es war keine Absicht. Am Film hat es nicht gelegen. Nein, ich wollte etwas für das Cover haben, was zum Inhalt passt, was Realistisches. Das Bild, zusammen mit dem Titel des Buches, suggeriert doch, dass da jemand sich auf den Weg zur Arbeit macht und dass es etwas mit Raumfahrt zu tun hat. Ich bin in einer Zeit zur SF gekommen, als die Amerikaner gerade zum Mond geflogen sind, das hat mich geprägt. Deswegen hat ein Raumanzug für mich etwas Faszinierendes. Mir sind viele Cover von deutschen SF-Büchern, die in den letzten Jahren erschienen sind, zu düster, zu mystisch.

Frage: Wer hat eigentlich die Wette gewonnen – du oder deine Lebensgefährtin?

Antwort: Sie natürlich.

Der Autor

Norbert Fiks ist ein Kind des Raumfahrzeitalters. Er war fünf Monate alt, als »Sputnik I« seinen ersten Pieps aus dem Weltall zur Erde funkte. Daran kann er sich ebenso wenig erinnern wie an Juri Gagarin, den ersten Raumfahrer. Umso besser hat er Neil Armstrongs ersten Schritt auf dem Mond im Gedächtnis.

Die Faszination für die Raumfahrt brachte ihn zur Science-Fiction. Erst durchstöberte er die Gemeindebücherei von Westerstede nach Weltraumabenteuern, später verjubelte er sein schmales Taschengeld für »Perry Rhodan« und »Terra Astra«. Seine erste SF-Geschichte hat er für eine von ihm gegründete Schülerzeitung geschrieben, woran sich zum Glück niemand mehr erinnert, und danach lange, lange keine mehr.

Der Verfasser lebt in Ostfriesland und arbeitet als Redakteur bei einer Tageszeitung.

www.fiks.de
fiksleer.wordpress.com